「召喚、ローボート」
彼の召喚は数秒で完結していたとの記録が数多く残っている。
彼はもっと特殊な能力を持っていたと考えている。
（魔法史家レブン・エルガムのノートより）
勇者の孫の旅先チート
～最強の船に乗って商売したら千の伝説ができました～

「本気でいきますね」
「おお!?レニー君に出会えたのは誠に僥倖だった！」
シエラ・ライラック
ルマンド騎士団の連絡将校。真面目だが、武装には目がない。
レニー・カガミ
祖父譲りの固有ジョブで念願だった世界を巡る旅に出発した少年。
ミーナ・ウルト
レストラン『海猫亭』の、頑張り屋さんな料理人。

ルネルナ・ニーグリッド
大陸最大のニーグリッド商会のご令嬢で、レニーの商売のお師匠。
フィオナ・ロックウェル
マイペースな魔道具師で、レニーの召喚する船に興味津々。

「実はクルーザーという
船を召喚出来るように
なりまして」
いつもより大きな三重の魔法陣から
現れた船を見て、僕らは言葉を失っていた。
それくらいすごい船だったのだ。

勇者の孫の旅先チート
～最強の船に乗って商売したら千の伝説ができました～
Bunzaburou Nagano
長野文三郎
Illustration
かわく

口絵・本文イラスト
かわく

装丁
AFTERGLOW

CONTENTS

Author:Bunzaburou Nagano
Illustration:Kawaku

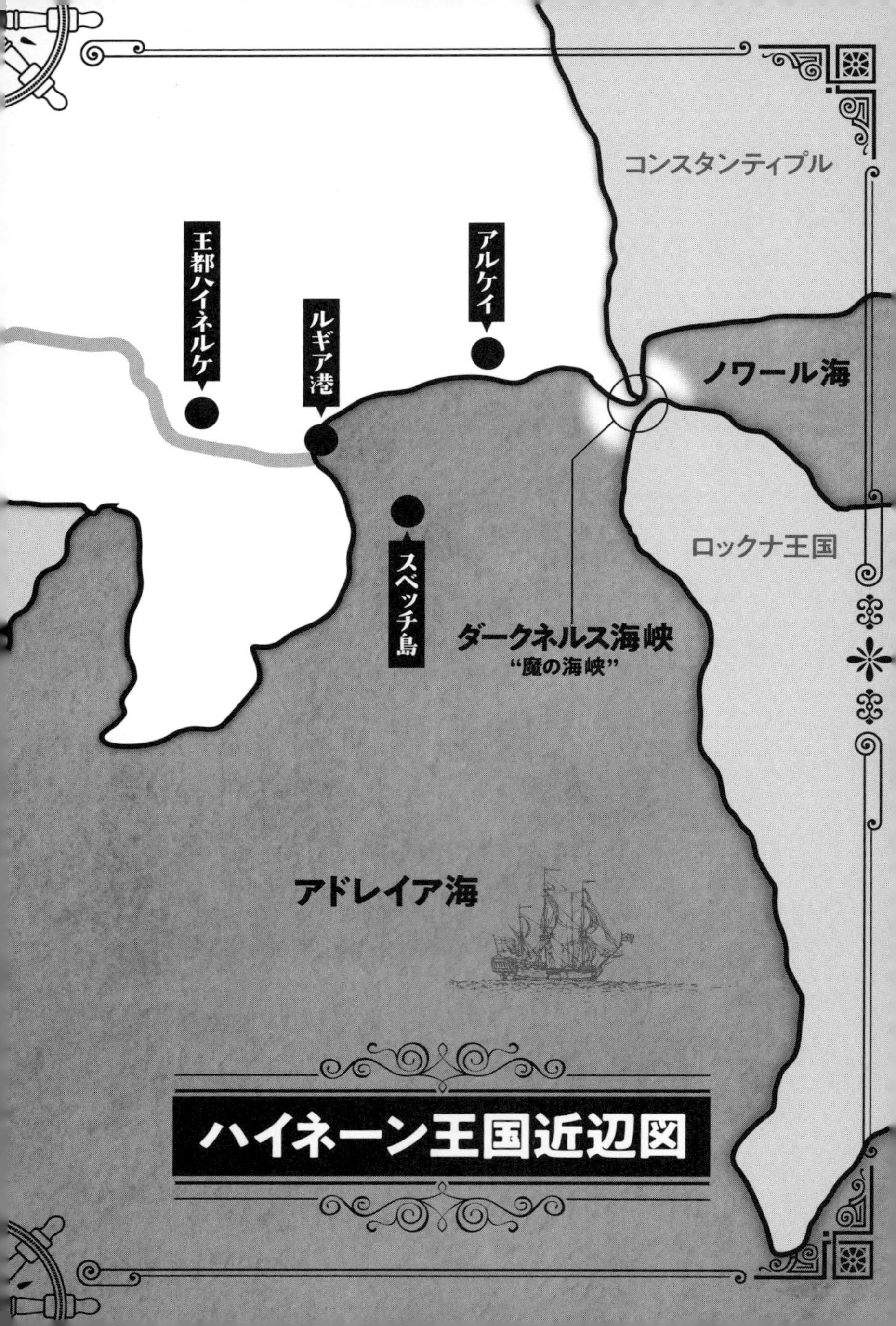
コンスタンティプル
王都ハイネルケ
アルケイ
ルギア港
ノワール海
スペッチ島
ロックナ王国
ダークネルス海峡
“魔の海峡”
アドレイア海
ハイネーン王国近辺図

カサック［西方守護の要衝］
魔物のいる危険地帯から国を守る巨大な城塞都市

パル村［レニーの故郷］
人口100人に満たない小さくのどかな村

ミラルダ［水運の中継拠点］
セミッタ川中流域の拠点として繁栄する中核都市

王都ハイネルケ［王国最大の都市］
大商会や騎士団も本拠を構えるハイネーン王国の心臓部

ルギア港［セミッタ川の出口］
貴重な舶来品や魚介類が集まる貿易港

アルケイ［国境の港］
ポセイドン騎士団が防備を固める港町

プロローグ

レスタと呼ばれるその島は、一見何の変哲もない島だった。エディモン諸島の他の島々と同じだ。青い海に囲まれ、入り江に小さな集落があるだけの特徴のない島である。

だが、目を凝らして見れば分かったかもしれない。海岸に植えられたオリーブの木々の隙間《すきま》に見える、飛空戦艦の巨大な影が。耳をすませば聞こえたかもしれない。潮騒に混じって聞こえてくる、低く唸《うな》る魔導エンジンの音が。この島こそが、カガミゼネラルカンパニーの秘密基地であり、彼らの主力兵器・飛空戦艦シャングリラ号の発着ドックがある場所だった。

飛空戦艦シャングリラ。全長187m、全幅32m、白く輝く鋼の船体に三つの巨大なプロペラが取り付けられた威容は、人々にとっては希望の翼、敵対する魔族にとっては恐怖と憎悪の対象だ。

（最初はオールがついただけの小さなボートだったんだけどね）

シャングリラ号の船長は自らが召喚した巨大な飛空戦艦を見上げながら、初めて船を召喚した日のことを懐かしく思い出していた。その顔つきは成人前の少年であり、驚くほどまだあどけない。だが、彼の深く澄んだ瞳《ひとみ》は決意をもってこの世界と未来を見据えている。

船の召喚は彼の固有ジョブ『船長』に由来する特別な力だ。初めは小さな力であったが、仲間を得て、少年の成長とともに召喚できる船も成長した。川を渡るのが精いっぱいだったボートは今や空を飛ぶ巨大戦艦になっている。

船長のもとに若き士官が近づいた。彼は本日初めて船長の補佐官として任務にあたることになっている。

「お待ちしておりました。本日より着任しましたラウリーです。三界航路の覇者にお仕えできて光栄です」

三界航路とは陸海空それぞれの貿易路を指し、少年が召喚する数々の船はそのどれをも制覇できる能力を有していた。誰《だれ》もなしえることができない偉業を称《たた》えて人々は船長をこう呼んだのだ。

三界航路の覇者という大げさな呼称に少年は少しだけ戸惑いを見せる。

「恥ずかしいからそんな大仰《おおぎょう》な呼び方はしないでよ。僕は船長レニー・カガミ。できれば船長か艦長と呼んでね」

「し、失礼しました」

一般的な船のときは船長、軍船のときは艦長と呼んでもらえればそれでいいとレニーは考えている。

「手間取っていた食料の積み込みは終わっているの？　今回は希少食材をたくさん積んでいくとか聞いたけど」

「一時間ほど前に完了したと、総料理長ミーナ・ウルト様から連絡がありました」

「ミーナさんは相変わらずきっちりしているね」

「それから哨戒船《しょうかいせん》より、こちらへ向かう補給船団に出会ったと報告が来ております。副社長ルネルナ・ニーグリッド様の部隊です」

「ルネルナさんにお願いしていた物資か。さすがはルネルナさん、予想していたよりずっと早いや。魔族から解放された地域の食料と医薬品が不足していたんだけど、これで一息つけそうだ」

「あと、艦載機の改造もすべて終了したとフィオナ・ロックウェル師長よりの伝言です」

「改造？」

「はい。ご存じありませんでしたか？　空戦魔導モービル・スザク二式と重装陸戦モービル・ゲンブの新武装ですが……」

「フィオナさんがまた武装を追加したんだな……」

「てっきり艦長の許可が出ているものかと思っておりました。シエラ・ライラック団長もテストパイロットとして参加しておられましたので……」

「いや、いいんだ。決戦兵器であるあれに関しては二人に任せてあるからね」

レニーはカガミゼネラルカンパニーの主要メンバーに絶大な信頼を寄せている。

「それでは予定通りに出発ですか？」

「うん。とりあえずの決着をつけに行こう。シャングリラ号は定刻通り出発。魔族から国を一つ奪い返しに行くよ！」

「はっ！」

二人は力強く搭乗橋を駆け上がった。

第一章　発進！　シャングリラ号

レニー・カガミとは何者であるか。三界航路の覇者であり、言わずと知れた偉大なる冒険家。世界を股《また》にかけた稀代《きたい》の大商人であり、一〇〇万の魔物を撃破した救国の英雄。魔導工学に特異点をもたらした産業界の革命児でもある。彼については数えきれないほどの伝説が残されており、中には真偽が危ぶまれるものも少なくない。そんな偉大なる人物が生を受けたのは、セミッタ川のほとりにある小さな村だった。

（『蒼天《そうてん》のシャングリラ　―三界航路の軌跡―』より）

セミッタ川は雄大でゆったりと流れる大河だ。全長は７０００㎞、河口付近の川幅は最大40㎞にもなる世界で一番の川である。僕はそんな川のほとりにあるパル村という小さな集落に住んでいる。

「ナイル川より長いってんだから、たいしたもんだぜ」とは、僕のじいちゃんの言葉だ。この世界にナイル川なんて名前の川はない。これはじいちゃんの故郷の世界にある川のことらしい。

パル村はセミッタ川下流域にあるハイネーン王国の領土だ。ここでも川幅は２㎞以上あるので雨の日は対岸がかすんで見えるくらい両岸は離れている。今はよく晴れた春の日差しの下を、たくさんの小舟と四隻の帆船がゆったりと水をかき分けていた。

川下には王都ハイネルケが、川上には西方の要衝カサックがある。あの帆船はきっとそれらの街へ荷物を運ぶ運搬船だろう。

王都ハイネルケはパル村から３６０㎞も離れているから、どんなに目を凝らしたって見ることはできない。それでも僕は毎日見えるはずのない川の先の向こう側を見ようとしてしまう。いつかこの川を越えて世界を旅する、それが僕の夢だ。

でも当分その夢はかないそうもない。「行くんなら16歳の成人になってからだぜ。餞別《せんべつ》ははずんでやるから、それを楽しみに鍛冶《かじ》修業と勉強に励みな」と、じいちゃんからはこのように言われている。心配性のじいちゃんはまだ僕を旅に行かせたくないのだ。

仕方がないので僕はよく本を読んだ。知識だけでもいいから、外の世界を知りたかったのだ。これまでに読んだ本は千冊以上。じいちゃんが持っている本だけじゃ足りなくて、村長さんの持っている本、神殿の神官さんが所有している本、時には遠く離れたミラルダまで行って、街の名士に頼み込んで本を読ませてもらうこともある。

じいちゃんが有名人なおかげで本を借りるのに苦労したことはなかったけど、知識が増えたら増えたで、僕の冒険に対する欲求も大きくなってしまった。内緒で船を造ったことだって一度や二度じゃない。

いつもこっそり冒険の旅に出るんだけど、その度に途中でじいちゃんにつかまってしまう。イカダも含めれば、僕が作った船は百艘《そう》を超える。全部取り上げられて、近隣の人にプレゼントされてしまったけどね。

言い忘れていたけど、僕の家は鍛冶屋だ。今も工房からカンカンと小気味のいいリズムで、じいちゃんが打ち鳴らすハンマーの音が響いている。

僕の名前はレニー・カガミ。この村でじいちゃんと二人暮らしをしている男の子だ。じいちゃんは78歳だけど現役の鍛冶屋なんだ。世間では伝説の名工なんて言われているけど、僕にとっては陽気で優しい、ただのおじいさんだったりする。

「レニー、レニーや！　水を汲《く》んできてくれ」

「はいよー」

工房からしわがれたじいちゃんの声が響いてきた。年齢なんて感じさせない大きな声だ。どうやら作業が一息ついたらしい。

今じいちゃんが作っているのは銅でできた寸胴鍋《ずんどうなべ》だ。じいちゃんは武器や鎧《よろい》だけじゃなくて、こうした調理器具を作ることもある。魂と魔力をこめて作るじいちゃんの道具はどこに出しても評判が良く、注文が後を絶たない。この鍋で作る煮込み料理ならとろけるほど美味《おい》しくなるだろう。

昔から気に入らない仕事はしない人だったけど、年を取ってからのじいちゃんは仕事の量をさらに減らした。あり得ないくらい元気な人だったのに、最近では疲れが抜けなくなってきたみたいだ。

それでもこの寸胴鍋の依頼はニコニコとしながら受けていた。きっと、頼みにきたのが美人でおっぱいの大きなお姉さんだったからに違いない。じいちゃんは78歳でもスケベである。お姉さんはミラルダの町で料理人をしていると言っていた。

「ふいーっ。疲れたぁ」

水を汲んで戻ると、じいちゃんは床の上に座り込んでいた。

「大丈夫？」

「もう死にそう。だけど鍋は作り上げたぞ」

台の上では出来立ての寸胴鍋がピカピカと輝いていた。相変わらずいい仕事をしている。

「料理人のお姉さんが取りにくるのは三日後だっけ？」

「そうだ。うん、まだ死ねないな。どうせ死ぬならミーナちゃんの姿を拝んでから死ぬことにしよう」

「軽く死ぬとか言うなよ。13歳の孫を天涯孤独にする気？」

僕には父さんも母さんも、ばあちゃんもいない。僕が小さい頃《ころ》に魔物に殺されてしまったと聞いている。魔族と魔物は人間の天敵だ。奴らは北の大地に住み、しょっちゅう人間世界に侵攻してくる。

魔族に捕まった人間は無残に殺されるか、奴隷《どれい》として強制労働を強いられるかのどちらかだそうだ。最近は特に侵略が激しく、国境線を越えて各地の町や村が襲われている。

「そうだなぁ、レニーが16歳の成人を迎えるまでは生きていたいな。伝えたいこともあるし」

「伝えたいこと？」

「それは成人してからのお楽しみだ。さて、昼飯にしよう。今日はラーメンだぞ」

「よっしゃあ！」

ラーメンは僕とじいちゃんの大好物で週に一回は食べるカガミ家の定番ランチだ。でも我が家ではごく普通のメニューだけど、他の家では食べているのを見たことがない。じいちゃんの作る料理は美味しいけど、一般的じゃないものばかりだった。

野菜と肉がたくさん入ったタンメンを作ることになった。もう何年も手伝いをしているから料理は手馴《てな》れたもんだ。僕は事前に仕込んでおいた牛骨スープを温め、じいちゃんは愛用のナイフで手際よく野菜を切っていく。このナイフはじいちゃんのお気に入りで、素材は何とオリハルコン。名工の傑作中の傑作であり、資産価値は計り知れない。

「道具なんざ使ってこそよ」

これがじいちゃんの口癖だ。武骨な発言をしているんだけど、どういうわけかじいちゃんの作品には気品と色気がある。難しい言葉で言うと官能的なんだって。計算し尽くされた機能美の中にちょっとした遊び心が隠れているんだ。このナイフはじいちゃんの性格そのもののような気がしている。


ちょうど野菜を切り終わったときだった。外から激しい物音が聞こえ、誰かが大きな叫び声を上げた。

「魔族だ！　魔族が来たぞぉ！」

僕たちの家の前は村の広場になっているので、窓から人々が右往左往している姿が見えた。じいちゃんは年齢を感じさせないほど素早く動いて、扉の陰から外の様子をうかがっている。やがて、村の入り口の方から百匹以上のヘルスパイダーを連れた魔族が姿を現した。人間のような体に蜘蛛《くも》の顔がついている化け物だ。

「今日のえさ場はこの村にしよう。お前たち、腹いっぱい食べていいぞ。だけど好き嫌いはダメだからな。大人も子どもも、男も女も、えり好みしないで、ちゃーんと食べるんだぞ」

言いながら魔族は近くで腰を抜かしているおばさんに近づいた。

(ダメだ、やめろ!)

僕の思いは叫びにならない。

「食いでのありそうなメスだ。ケケケケッ」

外顎《そとあご》をカチカチならしながら魔族が腕を振ると、おばさんの頭がポトリと地面に落ちていた。

「っ! ――」

思わず叫び声を上げそうになった僕の口を、じいちゃんの分厚い手がふさいだ。

「どんなときでも冷静に考えるんだ。焦ったやつは負けるぜ」

僕は口をふさがれたままの状態で頷《うなず》く。

「敵の数が多いな……」

そう言ってじいちゃんは僕を見つめる。

「俺が広場で暴れて敵を引き付ける、頃合いを見てレニーは村人を川へ逃がせ。川の中までは追ってはこられん」

「じいちゃん一人で引き付けるなんて無理だよ。じいちゃんも一緒に川へ行こう」

「そうもいかんだろう。行く前に魔法の言葉を教えてやるからレニーはレニーの仕事をしろ」

混乱する僕にお構いなしにじいちゃんは言葉を継いだ。

「ときに大きすぎる力は人を不幸にする。レニーが道を踏み外さないように、本当は成人してから教えようと思っていたんだがもう時間がない。それにレニーは真《ま》っ直《す》ぐないい子に育ってくれた。じいちゃんの誇りだよ」

じいちゃんは何を言ってるんだ？　まるで、もう自分が……。

「この言葉をよく覚えておくんだ。『ステータスオープン』と、自分の心を見つめながら唱えれば、きっとお前の本当の力が見えてくる。正しく使えよ」

「意味が分かんないよ。そんなことはどうでもいいから早く逃げよう」

「そりゃあ無理だ。中途半端な力しか得られなかったけど、俺のステータスボードの職業欄は『勇者』なんだぜ。じいちゃん、78歳にしてようやく職業意識に目覚めちゃった」

職業意識？

「じいちゃんは鍛冶屋だろ。なんで職業が勇者なんだよ⁉」

「固有ジョブってやつさ。と言っても、今はわからんか……。とにかくみんなのことを頼んだぜ」

じいちゃんは自分のナイフを僕の手に預けた。

じいちゃんは死ぬ気だ。僕や村を守るために戦って死ぬ気なんだ。

「僕も一緒に戦う！」

「冷静になれって言ったばかりじゃねえか。レニーはレニーの仕事をしろ。そして生きてくれ。それからな、出来上がった鍋をミーナちゃんに渡すのを忘れるんじゃねえぜ。頼んだぞ」

壁の剣を掴《つか》むと、じいちゃんはニカッと笑顔を見せて外に出ていってしまった。

窓から広場で戦うじいちゃんの姿が見えた。老人とは思えないスピードで片っ端からヘルスパイダーを斬っていく。それだけじゃない。切り裂く風、唸《うな》る火炎、多彩な魔法が次から次へと敵を蹴《け》散《ち》らしていくのだ。

(じいちゃんはこんなに強かったのか⁉)

それはもう信じられないほどで、一人で敵をせん滅してしまいそうな勢いだ。勇者であるというのも、この戦いを見ていれば素直に頷《うなず》ける。

(これだったら勝てる！　大丈夫だ。じいちゃんならやれるよ！)

そのときの僕は楽観的にも勇者の戦いに希望を見出《みいだ》していた。でも、それは甘い考えだったんだ……。

戦闘が激しくなると、じいちゃんの言っていた通り魔物は次々と広場に集まってきた。僕は言われた通りに村人たちに声をかける。

「川だよ。奴らは陸上型の魔物だから川の中まで入ってこない。みんなボートで避難するんだ！」

生き残った人々は目の前にあるセミッタ川へ向かって走り出した。僕も怪我人を担いで川を目指す。僕らに気が付いた魔物もいたけど、川へ飛び込むとそれ以上は追ってこないで、村の中心部へ戻っていった。僕も奴らの目をかいくぐってもう一度村へと戻るとしよう。

「レニー、どこへ行くんだ?」

村長さんが僕の姿を認めて話しかけてくる。

「まだ、村に逃げ遅れた人がいるかもしれない。それに、じいちゃんが一人で戦っているんです」

引き止める声が聞こえたけど、僕は構わずに走り出した。


戦闘が始まってすでに15分以上が経過していたと思う。通路や空き地のあちこちには魔物の死体が無数に転がっている。

(これ全部をじいちゃんが……)

建物の間を縫ってそっと広場の方へ行ってみると、魔物に取り囲まれたじいちゃんが鬼の形相で周囲を見回していた。戦闘の当初に比べて驚くほど動きが鈍っている。呼吸も荒くなって、肩で息をし始めていた。

「おのれ老いぼれめっ! お前たち、取り囲んで食い殺せ!」

魔族が命令すると、ヘルスパイダーが一斉にじいちゃんを攻め立てた。

「なめんじゃねえっ!」

気力を振り絞るようにじいちゃんは叫んで、魔力を籠《こ》めた剣を大地に突き立てる。するとじいちゃんの周囲に無数の石爪が勢いよく生えてきて、殺到するヘルスパイダーをすべて串刺《くしざ》しにした。

残るはボスの魔族だけだ。

「な、なんという奴《やつ》だ……。んっ?」

じいちゃんの強さに焦りを見せていた魔族だったけど、その表情に酷薄そうな笑みが浮かんだ。魔族だけじゃなくて僕にもわかってしまった。じいちゃんはもう限界だったのだ。蒼白《そうはく》な顔で脂汗を垂らしながら、剣を支えに立っているのが精いっぱいといった感じだった。

「ケケケッ、馬鹿が。出力の大きな大魔法で力を使い果たしたようだな」

「へっ、江戸っ子は生まれたときから馬鹿って相場が決まってるんでぇ」

「エドッコ？　聞かぬ言葉だ。やはり貴様は召喚者か」

「神田の生まれよ」

「道理で人間離れしていると思ったわい。だが、これで最期だ。部下を皆殺しにされた腹いせになぶり殺しにしてやる」

指先が鋭利な刃物のようになった魔族がゆっくりとじいちゃんに近づいていく。間に合うか……。

「へっ、そんなナマクラで俺が切れるかい？　やってみろってんでぇ！」

「威勢がいいな。もう動くことさえできないであろうに」

魔族はじいちゃんの持つ剣を横から蹴り飛ばした。支えを失ったじいちゃんはよろめいてしまうが、そのまま倒れることを魔族は許さなかった。

「グッ……」

じいちゃんの腹に魔族の爪が深々と突き刺さっていた。

「ケケケッ、このままゆっくりと内臓をかき混ぜてやる……」

「……」

じいちゃんは魔族の腕をつかむけど、腹に刺さった長い爪を抜く力は残されていない。でも苦悶《くもん》の表情をたたえるじいちゃんの顔に不敵な笑みが広がっていた。じいちゃんには見えていたんだ。伝説の名工が鍛えたオリハルコンのナイフを振りかざし、魔族の背後から近づく僕の姿が。

茹《ゆ》でたジャガイモにナイフを突き刺すように抵抗なく、オリハルコンの刀身が魔族の脳天に突き刺さった。

「ガッ……なに……が？」

夢中だった。僕はナイフを抜き、二度、三度と魔族の脳天に突き立てる。

「レニー……もう大丈夫だ。こいつは死んだぜ」

じいちゃんの声で我に返った。じいちゃんは魔族の腕をつかんだまま、その場に立って僕に笑顔を見せていた。僕は慌ててじいちゃんを抱きとめて傷の具合を調べる。腹の傷だけでなく体のいたるところを負傷しているみたいだ。

「大したもんだぜ、敵の大将首を取っちまうんだからな」

本当はもう口をきくことも大変なはずなのに、じいちゃんは陽気な声を出した。

「じいちゃん……」

「知らねえ間に、いっぱしの男の面《つら》をするようになりやがって……」

「じいちゃん……傷が……」

じいちゃんの腹からはとめどなく血が溢《あふ》れだしている。傷口を押さえようとする僕の手に、じいちゃんは自分の掌《てのひら》を重ね合わせた。

「じいちゃんは嬉《うれ》しいぜ。これならもう大丈夫だ。行ってこいよ」

「行ってこいって、どこにさ？」

「川の向こうさ。ずっと……行きたがってた……だろう？　世界を……見てこい……レニー……」

それがじいちゃんの最期の言葉だった。

◆○◆○◆

魔族の襲撃でじいちゃんを含めた二四人が死んだ。この数は村人のおよそ三割近くだけど、もしじいちゃんが戦っていなかったら一人残らず殺されていたのは疑いようのないことだ。

遺体の埋葬もそこそこに、僕たちは村の復興を開始した。壊された用水路を直し、穴の開いた壁を修繕し、焼け出された人のために仮小屋を建てていく。

僕は無我夢中で働いた。体を動かしていればじいちゃんの死を少しでも忘れられたし、悲しみに沈んでいたらじいちゃんに心配をかけてしまうような気がしたからだ。

「落ち着いたらコウスケさんの墓を建てよう。村の英雄のための立派なやつをな」

村長さんが僕に気を使ってくれたけど、僕はこの提案を断った。

「じいちゃんは、みんなと同じ墓の方がいいって言うと思います」

「そうか……。そうだな。コウスケさんならそう言うだろう」

死を直前にしたじいちゃんは笑顔だった。自分の人生に納得しているように見えた。だから僕もこれ以上悲しまないように努力することにしたんだ。

魔族の襲撃から五日が経《た》ち、村は普段の生活に戻りつつある。人々の傷はまだ癒えないけど、太陽は昇り、水は流れる。良くも悪くも自然の営みは変わらない。誰《だれ》だって自分の仕事を放り出しておくことはできないのだ。

それは僕も同じことで、これからは一人で仕事を見つけて食べていかなくてはならない。当面はじいちゃんが残してくれたお金で食いつなぐことはできる。だけどそれほどの金額は残っていない。

じいちゃんは伝説の名工であり、その仕事料は目玉が飛び出るほど高かった。ではなぜ金が残っていないのか。全部使ってしまったからだ。「宵越しの銭は持たねえ」が口癖で、あればあるだけ使ってしまうのがじいちゃんだった。

何に使ったかといえば、ほとんどが食べ物にである。腕のいい料理人を呼んで美味《おい》しい食事を作らせるとかいうレベルじゃない。

米という穀物を普及・品種改良させるために、農業に莫大《ばくだい》な投資をしたり、ニホンシュと呼ばれる酒の製造をさせるために醸造所に金をばらまいたりとスケールがでかい。ミソやショウユといった調味料を開発させたり、カツオブシという乾物を作らせたりもした。

そんなこんなで残っているのは三か月分くらいの生活費だけなのだ。形見のナイフを売れば一生遊んで暮らせるくらいのお金は入るかもしれないけど、これを売る気にはなれない。今売れるのは台の上に置きっぱなしになっている作り立ての鍋《なべ》くらいのものだ。

そういえばこれを注文したミーナさんは現れない。予定では二日前にはこの村にやってくることになっていたはずだ。今、各地で魔族による襲撃が相次いでいる。ひょっとしたらミーナさんのいるミラルダの町も被害を受けているのかもしれない。

(届けに行こうかな)

そんな考えが頭に浮かんだ。当面の生活費を稼ぐというのもあるのだけど、ミラルダまで行けば仕事が見つかるかもしれないと考えたのだ。小さい頃《ころ》からじいちゃんの手伝いをしていたから鍛冶《かじ》仕事は一通りできる。腕だってそんなに悪くないつもりだ。でもこの村では仕事の依頼はほとんどない。

じいちゃんは村の仕事ならどんな些細《ささい》なものでも料金を取らずにやっていた。穴の開いた鍋を直したり、欠けてしまった包丁を直したりして、お礼に野菜なんかを貰《もら》っていたんだ。これからはそういうわけにはいかない。

だったら旅の鍛冶師として各地を回るという選択肢だってある。「世界を見てこい、レニー」じいちゃんはそう言って息を引き取った。村のことは心配だけど、遺言は僕の願いと一致していた。きっと、じいちゃんは最後の力を振り絞って僕の背中を押してくれたんだと思う。

出発前夜、僕は不安で眠れなかった。じいちゃんのお供で出かけることは多かったから、ミラルダへの行き方ならよくわかっていた。

僕が心配しているのは旅ではなく未来だ。うまく仕事を見つけられるだろうか？　ちゃんとした生活を送れるのだろうか？　考えれば考えるほど不安になってくるけど、そんなとき、ふとじいちゃんの言葉を思い出した。

「この言葉をよく覚えておくんだ。『ステータスオープン』と、自分の心を見つめながら唱えれば、きっとお前の本当の力が見えてくる。正しく使えよ」

僕の本当の力って何だろう？　考えてみたところでわからない。だから僕はじいちゃんの言葉に従うことにした。

「ステータスオープン」

それは未来へと繋がる魔法の言葉。僕の進むべき道を指し示す羅針盤。

『ステータスオープン』の言葉に反応したのか、いきなりまばゆい光が僕を包んだ。

「うわあっ!?」

叫ばずにはいられない。だって、僕の着ているものがいきなり変化したんだもん。これは……船長服？　濃紺に金糸の刺繍《ししゅう》がついた丈の長い船長ジャケットがいつの間にやら僕の体を包んでいる。

それだけじゃない。目の前に淡く発光する板も現れた。肩幅ほどもある大きさで、文字や船の絵が書き付けてある。この絵は小さな手漕《てこ》ぎボート？

名前　レニー・カガミ
年齢　13歳
ＭＰ　１８０
職業　船長（Lv.１）
走行距離　０km
所有船舶　ローボート（手漕ぎボート）全長２・９５m　全幅１・４５m　定員２名
22:24

これがじいちゃんの言っていた僕の本当の力？　職業が船長になっているけど、これが固有ジョブってことなの？

衝撃は大きかったけど僕はもう自分の能力を理解していた。だってステータス画面を開いた瞬間から頭の中に情報が流れ込み、船の扱い方などが分かるようになっていたからだ。まるで昔から船に乗ってきたみたいな感覚で、僕は船に関するいろいろなことを理解している。

一番下にある数字の羅列は時刻を表しているようで、これはとっても便利な機能だった。神殿の鐘に頼ることなく正確な時間がわかるというのはすごいことだ。あっ、これはまずい……。さっきは不安で眠れなかったけど、今度は興奮で眠れなくなっちゃったよ。

翌朝、日が昇ると同時に家を飛び出してセミッタ川までやってきた。一刻も早くローボートを浮かべてみたかったのだ。ミーナさんはこの川の船便を使ってミラルダからここまでやってきたと言っていた。僕も自分のボートを手に入れたからにはさっそく使うつもりでいる。

ミラルダの町は川下にあるから漕ぐのが大変ということもないだろう。僕の船は「召喚」の呪文《じゅもん》で現れ、「送還」の呪文で送り返すことができる。ついにこの時がやってきたか……。大きく深呼吸をしてから誰もいない早朝の川べりで呪文を唱えた。

「召喚、ローボート」

川面《かわも》に青く光る二重の魔法陣が浮かび上がり、ゆっくりと回転しだす。中心は右回転、外側は左回転だ。やがて二つの同軸円が噛《か》み合うようにピタリと組み合わされると、小さな白いボートが静かに現れた。

さざ波を受けてぱちゃぱちゃと水音を立てている様子は、僕に早く乗れと誘っているかのようだ。ロープで繋がれていないのに船は流されることもなく岸辺にとどまったままである。これも僕の能力の一つで、自分のボートが見える範囲にある場合は呼び寄せることができるのだ。

「すごい……。本当に船を召喚できた！」

疑っていたわけじゃないけど、実際にこの目で確かめるまでは不安だったのだ。

僕は嬉々《きき》としてミーナさんに渡す鍋と着替えなどが入った鞄《かばん》を積み込んだ。ミラルダの町までは40㎞あるので、街道を歩けば一日がかりの移動となってしまう。でも船なら五時間くらいで着けるだろう。

船長としての最初の仕事は船に名前を付けることだった。どんな名前がいいだろうか？　どうせなら格好が良くて、夢のある名前にしたい。世界を見て回って、いつかたどり着ける理想郷みたいなのがあるといいな……。

理想郷……シャングリラ……。いつか、じいちゃんが話してくれたお伽噺《とぎばなし》に出てくる名前。最果ての地に見つかる理想郷の名前がシャングリラだったはず。そうだ！　この船の名前はシャングリラ号にしよう。

今は名前負けしてしまうくらいの小さなボートだけど、そんなことは気にしない。これは僕とともに成長する船である。

「よし、シャングリラ号、出発進行！」

掛け声も勇ましく僕は大河へと乗り出した。

第二章　目まぐるしく育つ船

召喚魔法は精霊や天使、場合によっては悪魔などを呼び出して使役する特殊な魔法として広く知られている。三界航路の覇者と称《たた》えられたレニー・カガミもこの魔法を使う召喚士であったとする研究者は少なくない。だが一般的な召喚の場合、それ相応の儀式や長い詠唱を必要としたのに対し、彼の召喚は数秒で完結していたとの記録が数多く残っている。それがどれほど巨大な船を呼び出す場合であってもだ。私もレニー・カガミが召喚士であったとの説には否定的だ。彼はもっと特殊な能力を持っていたと考えている。

（魔法史家レブン・エルガムのノートより）

のんびりとオールを漕ぎながらミラルダの町へと向かう。川の両岸を朝の早い漁師の船が何艘《そう》も往き来している。網にかかった獲物は大漁のようだ。しまった、僕も釣竿《つりざお》を持ってくればよかった。

セミッタ川にはアユーリやカプッタなどの魚がいっぱいいる。いざとなればそれを釣って食料にすることだって可能だ。レベルが上がると船自体がグレードアップするだけじゃなくて、様々なオプションもつけられるとステータス画面に書いてあった。

大きな船ならキッチンを、こんなボートでもグリル台くらいなら設置できるだろう。そうなればお湯を沸かせるし、釣った魚や野菜を焼くことだってできる。川を眺めながら食べるアユーリの塩焼きはさぞ美味しいことだろう。

村を出てから一時間くらいたったころ、頭の中に不思議な声が響いた。

(レベルが上がりました)

もう⁉　レベルってこんなにすぐに上がるものなんだ。どのように変化したかを見るために、すぐにステータス画面で確認してみた。

名前　レニー・カガミ
年齢　13歳
MP　240
職業　船長（Lv.2）
走行距離　10km
所有船舶　ローボート（手漕ぎボート）全長2・95m　全幅1・45m　定員2名

レベルアップにより船にオプションがつけられます。
a．魔導エンジン　4馬力の船外機（およそ60MPで1時間の運用が可能）
　　　　　　　　魔力チャージ200MP
b．セール（帆）樹脂製のセール

帆のついた船というのはどこにでもある。現に今だって多くの船が帆を上げて川を渡っているところだ。でも魔導エンジンというのは聞いたことがない。ただそれがどういう装置で、どのように操作するかは能力のおかげでわかっている。僕は迷わずにaの魔導エンジンを選択した。

途端に船の後方に小型の船外機が取り付けられた。これに魔力を送ればスクリューが回転して推進力を得られるのだ。エネルギーの供給は僕のMPを直接送るか、魔力の結晶である魔石をセットすればいい。

魔石は魔物からとれるので街でも普通に販売されている。余裕があったら買ってみるのもいいだろう。魔力チャージは最大で200MPだったので、僕は自分の魔力でエネルギータンクを満たした。

「よし、エンジン起動」

魔導エンジンを動かすとブーンという低い振動音が響きだした。船外機から伸びている操作レバーについたスロットルを少しずつ手前にひねっていく。するとスクリューが回転しだし、ボートは

徐々にスピードを上げ始めた。

「おお！　快適ぃ～」

嬉《うれ》しさからつい独り言が漏れてしまう。スピードは今までのおよそ2倍近くは出ている感じだ。

なんといっても自分で漕がなくていいのが楽でいい。これなら遡上《そじょう》するときだって座っているだけですむ。帆を使った船と違い、風の影響も受けないのだ。

三〇分ほど気分よくボートを操っていると、再びあの声が聞こえてきた。

（レベルが上がりました）

またなの!?　レベルってずいぶんと軽快に上がっていくものなんだ……。

名前　レニー・カガミ
年齢　13歳
ＭＰ　２８０
職業　船長（Lv.３）
走行距離　20km
所有船舶　ロ－ボ－ト（手漕《てこ》ぎボ－ト）全長２・９５ｍ　全幅１・４５ｍ　定員2名
魔導エンジン　4馬力の船外機　魔力チャ－ジ２００ＭＰ

レベルアップにより船にオプションがつけられます。
a．魔導エンジン　6馬力の船外機（およそ100MPで1時間の運用が可能）
　　　　　　　　魔力チャージ250MP
b．ボートカバー＋専用クッション付きチェア

aはエンジンのパワーアップでbはカバーと椅子か……。雨が降れば当然カバーは必要なんだけど、空は青く澄み渡り、穏やかな春風が吹いている。ここはやっぱりパワーアップを目指すよね！

僕は今回も魔導エンジンを選択した。ステータスの画面をタッチした瞬間にエンジンが入れ替わる。4馬力のものより若干大きくなったようだ。

「さっそく試してみるかな。シャングリラ号、発進！」

スロットルを解放していくと、スピードはずっと速くなっていた。倍とまではいかないけれど、これならあと一時間もかからないうちにミラルダへ着いてしまうぞ！

走行距離10㎞でレベルが2に上がり、20㎞で3に上がったな。次は30㎞か20の倍数である40㎞のどちらかで上がるような気がする。ミラルダの町まではおよそ40㎞あるから、いずれにせよ今日中にもう1つレベルは上がるだろう。漁船や貨物船を軽快に追い越しながら、僕は気持ちよく鼻唄《はなうた》を歌っていた。

さらなるレベルアップで快調にボートを進めていたのだけど、猛烈にお腹《なか》が空《す》いてきた。今朝《けさ》は一刻も早くボートを召喚したくて、朝ご飯も食べないで水辺へやってきてしまったのだ。

お昼ご飯はミラルダへ着いてからでいいと思っていたけど、さっきからお腹が悲痛な叫びを上げている。どうしようかと思案していると、右河岸《かし》に船上市場が見えてきた。

船上市場というのは小舟に魚や野菜、日用雑貨なんかをのせて売っている人々の集まりだ。船乗りや荷揚げの労働者のために食べ物を売る店も多い。僕は魔導エンジンを停止させて、オールを漕いで市場へと近づいた。

「おはようございます、それは何？」

おばさんが大きな葉っぱにいい匂《にお》いのする料理をのせて船乗りに売っている。

「アユーリとネギのピラフだよ。美味《おい》しいから食べていきな。一つたったの30ジェニーさ」

魚とネギを使ったピラフか。

「一つ貰《もら》うよ。それから、そっちのオレンジも三個ちょうだい」

「ありがとう。全部で45ジェニーよ」

銅貨四枚と小銅貨一枚をかごの中に入れた。

「若いんだからたくさん食べるんだよ」

手渡されたピラフはまだ湯気を立てている。オリーブオイルとバジルの風味がふんわりと香ってきて食欲をそそった。

ボートを岸の近くに寄せてご飯を食べていると、なにやら騒がしい声が聞こえてきた。

「誰かミラルダまで私を運んでくれないか？」

銀髪で色白の女性騎士が船を探しているようだ。ちなみにじいちゃんは女性騎士が大好きだった。美人で肌が白または褐色で、銀髪だったら完璧《かんぺき》らしい。今声を上げている騎士はじいちゃんにとっては好みのど真ん中だったに違いない。生真面目《きまじめ》そうな顔に紫色の瞳《ひとみ》が印象的な人だった。

「騎士様、乗っていきなよ。ミラルダだったら３００でいいぜ」

すぐに船乗りが声をかける。相場よりはちょっと高いけどボッタクリというほどの値段じゃない。

「うむ……それはありがたいのだが、料金は後払いにしてはもらえないだろうか？」

女性騎士はすまなそうに切り出した。

「悪いけど、そいつは無理な相談だ」

後払いと聞いて船乗りはすぐに余所《よそ》へいってしまう。騎士に金がないとわかって他の船乗りたちもあからさまに目を合わせないようにしていた。

「５００でも、１０００でも必ず支払う。私をミラルダまで運んでくれ。大至急連絡しなくてはならないことがあるのだ！」

ミラルダなら僕の目的地でもある。じいちゃん好みの騎士だから、乗せてあげればじいちゃんも喜んでくれるだろう。

「騎士様、僕のボートでよければ乗っていきますか？」

「おお、それはありがたい。だが、聞こえたと思うがあいにく現金を持ち合わせておらん。船賃は後払いになってしまう」

騎士は申し訳なさそうに目を伏せた。

「ちょうどミラルダまで届け物に行くところです。狭いボートでよろしければ一緒に行きましょう」

「いいのか？　私が金を払えるという保証はないぞ」

「それでもかまいません。任務に励む貴女《あなた》を助けたいと思いました」

遠慮がちな騎士の手を取って、少し強引にボートに乗せた。驚いたみたいだったけど、騎士は僕のするように身を任せてくれる。

「バランスがありますので前の方へ座ってください」

「う、うむ……」

後ろはエンジンを積んでいるので、これ以上重くなるのは困るのだ。騎士は素直に指定した場所に座ってくれた。どういうわけか頬《ほお》を赤らめているけど春の陽気のせいだろうか？

「よろしく頼む。私はルマンド騎士団のシエラ・ライラックだ。君のような親切な人に出会えてよかったよ」

「レニー・カガミです。レニーと呼んでください」

僕はオールを使って市場から少し離れた。

「急いでいるんですよね？」

「ああ。魔物の情報を伝えなくてはならないのだ。馬を飛ばしてきたのだが、無理をさせすぎて倒れてしまった」

そういうことなら最高速度でかっ飛ばそう。

「わかりました。本気でいきますね」

言いながらオールを船体横にしまう。

「おい、オールをしまってどうする？　私が漕いでもいい。それを貸してくれ」

「必要ありません」

僕は魔導エンジンを起動した。

「これは何の音だ？」

「いきますよ」

スロットルを回してボートを加速する。

「おお⁉」

船は徐々に速度を上げ、最終的に時速20㎞ほどのスピードになった。

「一時間くらいでミラルダに着きます」

「これぞまさに天の配剤だ。レニー君に出会えたのは誠に僥倖《ぎょうこう》だった！」

シエラさんは大袈裟《おおげさ》に喜んでいるけど、魔物の情報とあっては僕も他人事《ひとごと》じゃない。いくらでも協力するつもりだった。

ミラルダに到着する直前にまたレベルが上がった。ただ今回はステータス画面を見ている暇がない。一刻も早くシエラさんを送り届けなければならないからだ。我慢をしながら進むとミラルダの町が見えてきた。

この辺りでは一番大きな町だけあって、石造りの城壁が遠くからでもよく目立っている。糸杉よりも高い塔の上で見張りをしている兵士の姿が豆粒ほどに見えていた。町の中にも細かな水路があるので、このままボートで入城してしまおう。

「シエラさん、ミラルダが見えてきましたよ！」

大きな声で呼びかける。徹夜で街道を走ってきたというシエラさんには仮眠をとってもらっていたのだ。僅《わず》か三〇分であっても、寝ればその分だけ体力は回復するからね。

「着いたか。レニー君、一般の船着き場ではなく騎士団の方へ行ってくれ。私が案内する」

騎士団は船で出撃することもあるので、自前の船着き場を持っているそうだ。僕は案内されるがままに水路を移動し、シャングリラ号を騎士団本部近くの船着き場へと回した。

「助かったよ。本当に感謝している」

「どういたしまして」

「レニー君はミラルダに泊まるのかい？」

「はい、今晩は『七ひきの子ヤギ亭』というところに宿泊予定です」

七ひきの子ヤギ亭はじいちゃんの定宿だった。高級ホテルではないのだけど料理がとても美味しい。じいちゃんがレシピを伝えたカラアゲが食べられる宿として、ミラルダではまあまあ有名だ。

そこなら顔が利《き》くので、たとえ満室であってもリネン室などの空き部屋を使わせてくれるはずだった。

「そうか。だったら今夜にでも訪ねよう。料金はそのときに支払う」

「料金なんていらないです。シエラさんの力になれたのならそれで満足ですから」

「そうはいかん。受けた恩義は返さなければならない」

外見とたがわず中身も生真面目な人らしい。

「わかりました。じゃあ待っていますね」

「必ず行く。夜にまた会おう！」

シエラさんは小走りに本部の建物へと入っていった。僕はどうしようかな？　わざわざ一般の船着き場に戻るのも面倒だ。ここで「送還」を使ってボートを消して、このままミーナさんを訪ねることにしよう。鞄《かばん》と鍋《なべ》を運び出し、ボートを消した。うん、実に便利だ。

ミラルダに着いたのはお昼前のことだった。予定していたよりもずっと早い到着で、それというのも途中でレベルが上がったからだ。まだ確認はしていないけど最終的にレベルは4まで上がっている。さて、今回はどうなっているかな？　お楽しみのステータスチェックだ。

名前　レニー・カガミ
年齢　13歳
ＭＰ　３６０
職業　船長（Lv.４）
走行距離　40㎞
所有船舶　ローボート（手漕《てこ》ぎボート）全長２・９５ｍ　全幅１・４５ｍ　定員２名
魔導エンジン　６馬力の船外機（およそ１００ＭＰで１時間の運用が可能）
　魔力チャージ２５０ＭＰ

レベルアップにより船にオプションがつけられます。
ａ．魔導エンジン　10馬力の船外機（およそ１１０ＭＰで１時間の運用が可能）
　魔力チャージ３５０ＭＰ
ｂ．ボートカバー＋専用クッション付きチェア＋セール（帆）

やっぱり走行距離が倍になるとレベルがアップするみたいだ。これまでは10㎞、20㎞、40㎞でレベルアップしている。次は走行距離が80㎞になったらレベルが5になるのだろう。

それはともかく、問題はオプションだ。bはカバーと椅子に加えてセールまで付けてきたか……。雨が降れば水が入らないようにカバーをかけるべきだし、波の強い日にもこれは役に立つと思う。今の座席は単なる板張りだからクッション付きの椅子だって魅力的だ。魔力が切れたときのことを考えればセールだって有効だと思う。

だけど僕はパワーアップを目指したい！　だって馬力が1・5倍以上になるんだよ。スピードだってそれに準じて上がるはずだ。スピードが上がるということは、それだけレベルアップしやすくなるってことだもんね。

僕は迷うことなくaを選択した。現物はまだ見られないけど、より大きなエンジンがついたと思う。次に召喚するのが実に楽しみだ。早いところ鍋をミーナさんに渡して、川に戻ってボートを召喚することにした。

ミーナさんが働いているのは「海猫亭」というレストランだった。高級すぎず、かといってカジュアルすぎない、ちょっと贅沢《ぜいたく》をしたい日に使うような店だと聞いている。名物は牛ほほ肉の赤ワイン煮込みで、口の中に入れるととろける肉のうま味と赤ワインの豊潤な香りが楽しめるそうだ。

鍋の代金は2万ジェニーの約束だから、そのお金が手に入ったらぜひともそれを食べていこうと考えていた。ところが――。

道行く人に尋ねながら三〇分ほど歩いて海猫亭までやってきたのだけど、レストランはどこにもない。あるのは燃え尽きた建物の残骸《ざんがい》だけだった。

「その店は五日前の火事で焼けちまったよ」

呆然《ぼうぜん》と焼け跡を見つめる僕に、通りがかりの人が教えてくれた。

「ここで働いていたミーナという人を知りませんか？」

「さあなぁ。俺もよくは知らないんだ」

近所の人に聞き込みをして、ようやくミーナさんの居場所を突き止めたのはお昼過ぎのことである。裏通りの古びたアパートの一室、それがミーナさんの住む家だった。

「は～い……」

ドアをノックすると疲れた声で返事があった。

「どなたですかぁ……」

玄関先に出てきたミーナさんはどんよりとした表情で生気がない。オレンジ色の髪の毛はボサボサだし、着ている服もよれよれだった。村に来たときは明るくはつらつとした人だったのに。

「あの……自分はパル村のカガミです」

「………ああーっ！」

急に思い出したようにミーナさんは叫び声を上げた。

「たしかレニー君だったよね。ごめんなさい！　鍋を注文していたのに取りに行けなくって。実は大変なことが起きてしまって町を離れることができなかったの」

「はい、店の方は見てきましたよ。災難でしたね」

近所の人の話では、店長による火の不始末から火事になり、ミーナさんは職を失ってしまったそうだ。

「そうなのよ。後片付けとかで忙しかったうえに、店長が私たちの給料を払わずにトンズラしちゃってね……。今は求職中なの」

「そういうことだったのですね。実はこちらも大変でして――」

僕は村に魔族が攻めてきたこと、じいちゃんが死んでしまったことなどをかいつまんで説明した。

「まさかあのカガミさんが亡くなってしまうなんて……。あんなに元気にしていらしたのに。私の注文にもニコニコとこたえてくれて……。貴方も辛かったわね」

ミーナさんはじいちゃんの死を悼んでくれて、優しく僕を抱きしめてくれた。初めはびっくりしてしまったけど、僕は不思議なくらい落ち着いた気持ちでミーナさんの胸の中にいた。そして、久しぶりに少しだけ泣いた。こちらが無防備になれるような温かさをミーナさんという人は持っていた。

「レニー君、ごめんなさい」

体を離したミーナさんが頭を下げて謝ってきた。

「どうしたんですか？」

「実は私、お金がほとんどないの！　だから、レニー君が大変なのに鍋の代金を払えないのよ」

それは困った。だけど給料を持ち逃げされたミーナさんは、僕以上に困っているのだろう。

「だから、その鍋は他の人に売ってあげてくれないかな？」

ミーナさんはそう提案してきたけど、実はそれも困るのだ。じいちゃんは使う人に直接販売しかしない人だった。仲買人や商人に卸すことはなかったのだ。この鍋はじいちゃんがミーナさんのために作った鍋だ。他の人が使うなどあり得ない。

売った後はどうしようと買った人の自由だけど、最初に使うのは仕事を依頼してきた本人に限るというのが加賀美幸助《カガミコウスケ》の流儀だった。僕はそのことも丁寧に説明した。

「というわけで鍋は置いていきます。お金はまた今度で結構ですから」

「でも……」

「大丈夫ですよ。ミーナさんは品物を持ち逃げするような人ではないと思いますから」

この人からは誠実さと優しさを感じるんだよね。代金を踏み倒すなんてことはしないと思う。

「私のことを信じてくれるのね。ありがとう……。そうだ！　レニー君、お昼ご飯は食べた？」

「まだですけど」

「だったら家《うち》で食べていきなさいよ」

今度は僕が遠慮する番だった。だってミーナさんはお金がなくて困窮しているんだよ。そんな人の家でご飯をご馳走《ちそう》になるなんて、やっぱりよくないよね？

「心配しなくても大丈夫よ。レストランの裏手にあった食糧庫には火の手は回らなかったの。だからそこに残っていた食材は給料代わりにみんなで山分けにしたのよ」

「そういうことなら遠慮なくお邪魔します。本当は凄《すご》くお腹《なか》が空《す》いてきていたんです」

ミーナさんは笑顔で僕を迎え入れようとしたけど、急に何かを思い出したように顔色を変えた。

「ヤダ！　私ったら顔も洗ってないし、髪もとかしてなかった！　服もそのままじゃない⁉」

実はそうなのだ。ミーナさんが着ている襟なしシャツはだいぶくたびれていて、胸元が大きく開いていた。普通の人よりかなり大きな胸が覗《のぞ》いていて、さっきから僕はドキドキしてしまっていたのだ。

「レニー君、ちょっとだけ待っててね」

バタンッ！　僕の鼻先で扉は大きな音を立てて閉じられてしまった。

独り暮らしの女性の部屋に入るなんて初めての経験だった。化粧品などの匂《にお》いがするものだと思い込んでいたけど、予想に反してこの部屋にはハーブの匂いがこもっている。

それもそのはずで天井にはロープが張ってあり、そこには束になったセージやバジル、ローズマリーなんかが吊《つ》るされていた。すべて料理に使うためのものだろう。窓辺にはローリエの鉢植えも置いてあった。

「すぐに用意するから、そこに座って待っていてね」

勧められた席で落ち着かなく辺りを見回した。部屋の中は割合に片付いている。きっと物が少ないからだろう。

それに比べてキッチンの方は調味料や料理道具で溢《あふ》れていた。でもキッチンの方が部屋の中よりはるかに綺麗《きれい》に片付けられているのは、ミーナさんがちゃんとした職人である証《あかし》だ。じいちゃんも片付けられない人だったけど、鍛冶場だけはいつも整頓《せいとん》されていたもんな……。

「レニー君は食べられないものある？」

「好き嫌いはありません」

「えらい。塩漬け肉と野菜でポトフを作ってあるの。それを温めるわね」

キッチンの方から包丁のトントンいう音と優しいミーナさんの声が響いてくる。僕はいつもじいちゃんとご飯を作っていたから、こういう光景には馴染《なじ》みがない。もしも母さんが生きていたらこんな感じなのかな？

まだ若いミーナさんを母さん扱いするのは失礼か。たしか21歳と言っていたから、僕にとっては姉さんと言った方が妥当だ。たいした時間もかからずにテーブルにご馳走が並んだ。

「いただきます！」

ミーナさんの作るポトフは優しくて、味わい深くて、人をほっこりとさせる力があった。

「とっても美味《おい》しいです。毎日食べたいくらい」

「料理人にとっては最高の褒め言葉ね。たくさんあるからお代わりして」

ポトフをもう一杯もらってからミーナさんの家を出た。

「また寄ります」

「それまでには仕事を見つけて少しでもお金をためておくわ」

「無理しなくていいですからね」

「こんな小さな子に心配してもらうなんて情けないわ。明日からはもっともっと頑張らなきゃ」

自分の年齢を考えれば当然とはいえ、子ども扱いはちょっぴり悔しかった。なんとかミーナさんの力になってあげられればいいのだけど、そのときの僕には何も思いつけなかった。

ポトフで元気が出た僕は、再び川へと向かった。もちろん新しいシャングリラ号のエンジンをテストするためである。

「これが10馬力エンジンか！」

新型エンジンを搭載したシャングリラ号は軽快に川をさかのぼっている。パワー、スピードともに6馬力のときとは格段の差が出ていた。力強すぎてちょっと不安定な気さえする。エンジン出力のわりにボートが小さすぎるのだ。

次はいよいよレベル5に到達だ。切りのいい数字だから、ボートもグレードアップするんじゃないかという期待に胸が膨らむ。レベルアップはおそらく走行距離80㎞に到達したらだろう。

このスピードなら三時間もしないうちに到達するな。日暮れにはまだ余裕があるので操船技術を磨きながらレベルアップを図ることにした。

10馬力エンジンを積んだシャングリラ号は三〇分ほどで船上市場のあった場所までやってきた。遡上《そじょう》してきたというのに6馬力のときよりも時間がかかっていない。ここは騎士のシエラさんと出会った場所だ。市場が開かれるのは早朝と夕方なので、今は舟の数も少なく閑散としていた。

ステータス画面で確認すると現在の走行距離は58㎞になっている。ミラルダを出発したときは40㎞だったので、ミラルダ―市場間はおよそ18㎞ということになる。このまま戻ると58＋18で走行距離は76㎞だ。次のレベルアップは80㎞だから、4㎞ほど足りない。もう少し川をさかのぼって帰ることにした。

夕方前にミラルダの手前まで戻ってきたけど、予想通り走行距離80㎞でレベルが5に上がった。次はきっと160㎞だ。本当は今日中にもっと走行距離を稼ぎたかったけど、僕の魔力残量は100MPを切っている。安全のためにもそろそろ切り上げるしかなさそうだ。

名前　レニー・カガミ
年齢　13歳
MP　480
職業　船長（Lv.5）
走行距離　80㎞
所有船舶　■魔導モーターボート　全長4・8m　全幅1・92m　定員5名
　60馬力エンジン搭載（およそ140MPで1時間の運用が可能）
　魔力チャージ500MP
■ローボート（手漕《てこ》ぎボート）全長2・95m　全幅1・45m　定員2名
　10馬力の船外機付き（およそ110MPで1時間の運用が可能）
　魔力チャージ350MP

所有する船が増えた！　しかもいきなり6倍の出力！　俄然嬉《がぜんうれ》しくなって、すぐに新型船を召喚した。

青と白のツートンカラーが美しいボートだった。船体はローボートよりもずっと大きい。これなら鎧《よろい》を着けたシエラさんでも安心して乗せてあげることができる。今までは横波でバランスを崩しそうで怖かったのだ。

しかも今度の船には運転席が付いている。中央やや後ろ寄りにコンソールと呼ばれる運転台があり、ハンドルとレバーを使って動かす構造になっていた。正面を向いて運転できるから、今までよりもずっと快適そうだ。

魔力はあまり残っていないけど、ミラルダまではあと２㎞もない。残存魔力から50ＭＰだけ補給した。これで一五分くらいならもつだろう。

「それじゃあ運動性能を試してみるかな。６倍の力を見せてもらおうか！」

ゆっくりとレバーを手前に引くと、シャングリラ号はすぐに動き出した。これまでのボートにはないスムーズな滑り出しだ。しかも加速力がすごい。

船で混み合う水域をトップスピードで走行するのは危険と判断して、僕はすぐにレバーを低い位置に戻した。川を行き交う船乗りたちもあんぐりと口を開けたまま驚きの目でシャングリラ号を見ている。帆もオールもない船なんて見るのは初めてだろう。僕だって初めてだ。

新生シャングリラ号のコンソールにはスピードメーターがついているのだけど、時速35㎞は出ていたぞ。これだけ速いとパル村までは一時間ちょっとで行けてしまうことになる。駅馬を連続で走らせるのに匹敵する速さだ。おそらくセミッタ最速の船と言っても過言じゃない。

ミラルダまで戻ってくると、僕は船を送還で消した。これで船着き場の借り賃を払う必要もないし、船を盗まれる心配もない。実に便利な能力だ。

予定通り『七ひきの子ヤギ亭』に宿をとって、ステータス画面で船の絵を眺めながらシエラさんを待った。シエラさんが現れたのは日も落ちてからのことだった。

「待たせてしまい悪かったな。これは約束の報酬だ。取っておいてくれたまえ」

僕の手に渡されたのは、なんと1000ジェニー銀貨だ。

「こんなにいただけません！」

「困っているときに助けられたのだ。これくらいはさせてくれ。それと君さえよかったら一緒に食事をどうかな？　お礼をかねて私がご馳走しよう。話したいこともあるのだ」

「えっ……」

「どうしたんだい？」

「その……女性と二人で食事なんて初めてだから」

素直に打ち明けるとシエラさんは愉快そうに笑った。

「武骨な私を女として見てくれるのかい？　それは光栄なことだ」

武骨だなんてとんでもない。たしかに騎士の姿は強そうだけど、スタイルもいいし、何と言っても美人だ。

「えっと……シエラさんは凛々《りり》しくて、それにお綺麗です」

「うっ……バカ者。年長者をからかうでない……」

「からかってなんて……」

二人して真《ま》っ赤《か》になってしまった。


一階のレストランへ下りていくと、うまい具合に窓際のいい席が空いていた。じいちゃんに教えてもらった通りシエラさんの椅子を引いて座りやすくしてあげる。「親切であれ」はカガミ家の家訓だ。

「ありがとう……」

シエラさんは少し驚いたようだったけど、すぐに笑顔になった。

「ルマンド騎士団の男たちも君くらいの紳士なら良いのだけどな」

「大したことはしていません。それより、ここはカラアゲという料理が評判ですよ。何を隠そう僕の祖父がレシピを伝えたんです」

「ほう、君のおじいさまは料理人かい？」

「そうではありません。祖父の本業は鍛冶師《かじし》です。コウスケ・カガミと申しまして」

「あの伝説の名工か！」

シエラさんはじいちゃんの名前を知っていた。

「そうか、君があのカガミ殿のお孫さんとはな。私もいつかはカガミ殿に剣を鍛えてもらいたいと常々思っていたのだ」

この人の頼みなら、じいちゃんは二つ返事で引き受けただろう。それくらいシエラさんはじいちゃんの好みのど真ん中なのだ。

「だいぶお年を召したと聞いたが、カガミ殿はご健勝かな？」

「祖父は死にました」

僕は魔族の襲撃についてシエラさんに話した。

「さようであったか。孫や村の人々を守るために老人は戦ったのだな……。まさに騎士の鑑《かがみ》！」

驚いたことにシエラさんはボロボロと涙を流していた。生真面目《きまじめ》そうに見えるし、情に厚い性格なのかもしれない。まあ、じいちゃんは騎士じゃなくて鍛冶師だけどね。もっと言えば勇者だったりする。

「そういったわけで、僕は届け物をするついでに仕事を探してミラルダまでやってきたんですよ」

「なるほど。それなら話をしやすい」

シエラさんは姿勢を正して真っ直《ます》ぐに僕を見つめてきた。

「レニー君、あの船を我々騎士団に売ってはもらえないだろうか？」

予想外のお願いをされてしまったので頭の中が真っ白になって、とっさには言葉が出なかった。

「対価として100万ジェニー用意するつもりだ」

冗談かと思ったけどシエラさんの目は本気だった。

「あれが君にとって大切な船だということはわかるが、今は大変なときなんだ。前線と支部、支部と本部、本部と大本営を繋《つな》ぐ連絡手段はいくらあっても足りないのが現状だ」

つまり、僕のボートを使って報告書や命令書のやり取りをしたいというわけだな。シエラさんの考えはわかるけど、これは無理な相談だと言えた。

「実はですね、あのボートは僕の召喚魔法で呼び出した船なんです」

「なんだって……？」

「だから、僕の元をずっと離れていると消えてなくなってしまうんですよ」

嘘《うそ》ではない。一週間までなら大丈夫だけど、八日目に入った途端に僕がそばにいない場合は自動で送還されてしまうのだ。騎士団にボートを売りつけてそのままにしておいたら、ある日突然ボートは消えてしまうわけだ。そうなれば僕は詐欺師。犯罪者として追われる身になってしまう。

「そうであったか……。それは困ったな」

「どうかしたのですか？」

「実は大至急カサックまで行かなくてはならない用件があったのだ」

「カサックとは、ずいぶんと遠くまで行くのですね」

「およそ380kmあるな。西からの魔族侵攻を食い止めている最前線基地の一つだよ」

380kmといえば、徒歩なら九日、駅馬車を使っても三日はかかる。それもトラブルがなかったらの話だ。途中で馬車が壊れたり、山賊の襲撃があったり、魔物が襲ってくることだってある。もっとも川だって人気《ひとけ》のない場所なら、水賊や魔物は現れるそうだけどね。

「よかったら送っていきましょうか？」

新しいシャングリラ号なら一日でたどり着ける距離だ。ミラルダには仕事探しに来たのだから、シエラさんを送り届ける連絡船という役をこなすのも悪くない。

「しかし上流への旅はかなりの危険が伴う。レニー君を巻き込むわけには……」

「大丈夫ですよ。今日のボートよりもっとすごい船があるんです。それを使えばその日のうちにカサックまで行くことだってできますよ」

「その日のうちに⁉」

「それくらいスピードが出るので、いざというときは逃げ切ることだってできると思います。定員も二人から五人に増えているから多少の荷物だって運べます」

シエラさんはしばらく悩んでいたけど、結局僕の提案を受け入れてくれた。

「申し出をありがたく受けるとしよう。出発は明日の早朝だ。ひょっとすると帰りは人数が増えるかもしれないがよろしく頼む。君のことは私が必ず守ってみせるから」

魔物のことは気になるけど、新しい船を試すにはいい機会だ。往復で７６０㎞か。帰ってくるまでに総走行距離は８４０㎞を超えるだろう。ということは、えーと………レベルは8まで上がるという計算だな！　僕には不安よりも期待の方が大きかった。

シエラさんをカサックへ送っていくにあたって、僕は一つだけ条件を出した。それは魔石を用意してもらうことだ。僕のＭＰは４８０になったけど、新型船は一時間につきおよそ１４０の魔力を消費する。つまり僕の全ＭＰをチャージしても三時間ちょっとしか走らせることができないのだ。

寝る前に船を召喚して、今夜のうちにＭＰをチャージしておく予定だけど、満タンにすることはできない。明日の朝は早起きをして、寝ている間に回復した魔力を追加で補充する必要がある。たとえそうしたところでカサックまでは380㎞ほどの道のりだ。どう考えても僕の魔力だけでは足りなくなってしまうのは明らかだった。

騎士団は相当量の魔石を確保しているので、3000MP分はシエラさんの方で用意してくれることで話はついた。それだけあれば僕の魔力は必要ないけど、余った魔石は全部僕にくれるそうだ。せっかくだからなるべく自分の魔力を使って、今後のために魔石をストックしておくことに決めた。

◆○◆○◆

朝もやの波止場《はとば》で待っていると、旅装に身を固めたシエラさんがやってきた。今夜はカサックに泊まり、帰ってくるのは明日の予定だ。

「おはようございます」

「おはよう。早朝からすまないね」

さっそく船を召喚すると、シエラさんに唖然《あぜん》とした顔をされてしまった。

「召喚魔法を使える者は騎士団にもいるが、船を召喚とは聞いたことがないな。それに魔法展開が早い。これは本当に召喚魔法かい？」

「正確に言うと固有ジョブ『船長』の能力です」

シエラさんにも確認したけど、固有ジョブという概念はこの世界にはないみたいだ。やっぱり異世界人の孫だから使えるんだろうな。

「これがレニー君の言っていた船か。前回乗せてもらったボートよりも快適そうだね」

「いつでも出発できますよ」

シエラさんは最初に魔石を渡してくれたけど、ＭＰはもう満タンにしてある。大事な魔石はコンソール下の物入れにしまっておいた。ＭＰ残量は計器の目盛りで簡単に確認できるようになっているから、減ってきたら補充すればいいだろう。

「それでは出発します。休憩は二時間後を予定していますが、必要なときはいつでも言ってください」

船を発進させて徐々にスピードを上げていくと、隣に座っていたシエラさんが驚嘆の声を上げた。

「これはすごい！　追い風をいっぱいに受けた軍のフリゲート艦くらい速いぞ」

ヨットなどの高速艇はこれ以上のスピードが出ると聞いているけど、航行できるかは風次第だ。そこへいくとシャングリラ号は無風であっても動かせる。むしろ波のない無風時の方が動かしやすいくらいだ。

「この船は海にも出られるのかい？」

「沿岸部だけです。さすがに沖に出るのは無理ですね」

「そうか。この船も騎士団にあればいろいろと役に立つと思うのだが……。レニー君、いっそ騎士団専属の船乗りにならないか？」

「僕が騎士団にですか？」

「ああ。私から団長に推薦するよ」

騎士団か……。身分が安定するのは悪くはないけど今はまだそのときじゃない。

「ありがたいお話ですが僕にもやりたいことがあるんです」

「やりたいこと？」

「このシャングリラ号で世界を見て回りたいんです。いろんな国へ行って、世界がどうなっているかを見たいなって。それが祖父の遺言でもあります」

「そうか。残念だが少年の志を邪魔するほど無粋な女ではないつもりだ。だが気が変わったらいつでも言ってくれよ。私は君を歓迎するからな」

シエラさんはしつこく勧誘はしてこなかった。


三〇分かからずに船上市場を通り過ぎた。さらに四〇分でパル村も通り過ぎる。ミラルダに行くときは三時間かかっていたのだから、どれだけ船が速くなったかがわかるというものだった。

それからまた一時間が過ぎて、そろそろ休憩しようかという時刻になった。走行距離もレベルアップ予定の１６０㎞に近づいている。

「どこか休むのにいい場所はありませんか？」

「もう少し行くとちょっと大きな町がある。休憩できる場所もあるだろう」

シエラさんは各地を回る連絡将校だけあってセミッタ川流域の地理を熟知している。やっぱり頼りになるお姉さんなのだ。

しばらくシャングリラ号を走らせていると頭の中でいつもの声が響いた。

（レベルが上がりました）

これでレベル６だ。町に着いたらステータスボードを確認しようとワクワクしながら操縦を続けた。

「レニー君、あれがそうだよ」

シエラさんの指さす方向を見ると右岸に町が見えた。ミラルダほどの大きさはないけど、城壁を備えた立派な町だ。スピードを落とし、ゆっくりと船着き場に船を寄せた。

休憩の間にさっそくステータスボードを開いた。

名前　レニー・カガミ
年齢　13歳
ＭＰ　６２０
職業　船長（Lv.６）
走行距離　１６０㎞
所有船舶　■魔導モーターボート　全長４・８ｍ　全幅１・９２ｍ　定員５名
60馬力エンジン搭載（およそ１４０ＭＰで１時間の運用が可能）
魔力チャージ５００ＭＰ

■ローボート（手漕《てこ》ぎボート）全長２・９５ｍ　全幅１・４５ｍ　定員２名
10馬力の船外機付き（およそ１１０ＭＰで1時間の運用が可能）
魔力チャージ３５０ＭＰ

レベルアップにより船にオプションがつけられます。
a．サーチライト：夜の航行を可能にする明るいライト
b．架台付き魔導機銃：船の舳先《へさき》につけられる機銃。２ＭＰを消費して魔弾丸を1発撃ち出す。
発射速度９００―１０００発／分

武装と灯火《とうか》の選択か。これは迷う。サーチライトがあれば夜でも航行が可能だから、レベルアップはしやすくなるだろう。一方、武器だって捨てがたい。これから行くのは西の危険地帯だ。魔物や水賊が頻出する場所だから是非ともつけておきたいオプションである。

迷った末に今回は武器を採用した。ステータス画面で選択ボタンを押すと、船の舳先に架台付きの機銃とやらが現れる。鉄製のようで、ずいぶんと重たそうな機械だ。魔力をマジックアローのようにして撃ち出してくれるみたいだけど、威力はどれくらいなのだろう？

「ただいま。ん？　船にさっきまでなかった物がついているね」

出かけていたシエラさんが船に戻ってきた。手には革製の水筒を抱えている。非常用のワインを買ってきたそうだ。

「実は船が成長しまして、新しく武器がついたんです」

「ほお！　それは武器なのか。どのように使うんだい？」

「僕もまだわからないんですが、魔導機銃という名称です。バリスタというか連弩《れんど》のような武器のようです。人のいないところに行ったら試してみたいのですが、いいですか？」

「私も興味がある。ぜひ見せてくれ！」

さすがは戦いが本分の騎士様だ。シエラさんは機銃に興味津々で、僕らはすぐに船を出航させた。

人気《ひとけ》のない場所まで来ると、流れの緩い淵《ふち》に船を停泊させた。川の右側は切り立った断崖《だんがい》になっていて、川辺には大岩がゴロゴロしている。標的にするにはちょうどいい。

機銃には後部に両手で持つハンドルが付いていて、発射ボタンはその真ん中にあった。親指でボタンを押すと、そこから魔力が充填《じゅうてん》されて魔弾丸が発射される仕組みだ。

「それじゃあ、やってみますね」

グリップを握るとキュイーンという音が機銃から響きだし、銃床に取り付けられた小さなクリスタルが青く輝きだした。発射準備が整っているという合図だ。僕はゴブリンみたいな形をした岩に狙《ねら》いを定め、ゆっくりと発射ボタンを押し込む。

シュッシュッシュッシュッシュッ！

風切《かざき》り音《おん》を響かせながら、驚くほどの速さで魔弾丸が発射され、岩は粉々に吹き飛んでいた。

「すごいじゃないかっ！」

普段はクールなシエラさんも興奮を隠そうともしないで飛び上がっている。

「びっくりしましたよ。ちょっと押しただけで弾が連続で発射されるんです」

あっという間に10ＭＰを持っていかれた。

「これが魔導機銃か。我が騎士団にぜひとも欲しいところだが……」

「はい。残念ながらこれも船から取り外すことはできません。でも、シエラさんが撃つことはできますよ。やってみますか？」

「ぜひやらせてくれ！」

シエラさんはやる気満々だ。

「気をつけてくださいね。一発につきＭＰが２消費されます。連射速度が速いからあっという間に吸い取られてしまいますよ」

「わかった」

騎士は一般人と違って攻撃魔法が得意で魔力の保有量も多いと聞いているから大丈夫だろう。

シュッシュッシュッシュッシュッ！

銃口から銀色に輝く魔弾丸が高速で撃ちだされる。シエラさんの狙いは正確で、川岸の大岩にたちまち穴が穿《うが》たれた。

「いい……」

シエラさんはうっとりと顔を上気させているけど、目だけは爛々《らんらん》と輝いている。なんだか怪しげな雰囲気をたたえているんだけど……。

シュッシュッシュッシュッシュッシュッシュッシュッ！

「だ、大丈夫ですか？」

魔力切れとか起こさないよね？

シュッシュッシュッシュッシュッシュッシュッシュッシュッシュッシュッシュッシュッ！

「シ、シエラさん？」

「これ、最高……」

シュッシュッシュッシュッシュッシュッシュッシュッシュッシュッシュッシュッシュッシュッ、シュッシュッシュッシュッシュッシュッシュッシュッシュッシュッシュッシュッシュッ！

「それくらいにしておきましょう？」

射撃をやめないシエラさんを無理やり機銃から引きはがした。

「魔物や水賊との戦闘があるかもしれません。魔力は残しておかないと」

「そ、そうだった。試し撃ちはまたあとで……」

あとでって……試し撃ちというのならもう十分じゃない？　普段は落ち着いた雰囲気であるシエラさんの意外な一面を見てしまった。

町を出発してからさらに三時間が経過した。今日一日で五時間以上、２００㎞くらいを旅してきている。総走行距離は２８０㎞に達し、次のレベルアップまでは残り40㎞をきった。

「そろそろ正午だな。レニー君、どこかで休憩して昼食にしようじゃないか」

「そうですね。少しお腹《なか》が空《す》いてきました」

お昼ご飯はシエラさんが休憩中に買っておいてくれた卵サンドイッチだ。ライ麦パンにスライスしたゆで卵とタマネギ、チーズなどを挟んだ、この地域では非常にポピュラーな食べ物である。

ちなみにカガミ家の卵サンドといえば、潰《つぶ》したゆで卵をマヨネーズで和えて、それを挟んだものを指す。マヨネーズは一般的な食べ物ではないということを僕は最近まで知らなかった。あんなに美味《おい》しいのに世間には知られていないようだ。これもじいちゃんのオリジナルレシピなのだろう。

川に大木が大きく枝を張り出しているところがあった。あそこなら日陰になっていて過ごしやすそうだ。春とはいえ今日は日差しが強くて少し暑いくらいだから、休憩場所はそこに決めた。

船を停《と》めるとシエラさんが魔法で紅茶を淹《い》れてくれた。魔法戦士たる騎士だけあって魔力調節がとっても上手《うま》い。右手で真鍮《しんちゅう》のポットを持ち、左手で器用に炎を作り出している。お湯が沸くとポットに直接茶葉を入れて紅茶を煮出していた。

「さあ、飲みたまえ。元気が出てくるよ」

金属製のマグカップで飲む甘い紅茶は、旅情の香りが添えられて、なお一層風味豊かに感じる。

「とっても美味しいです。いつもこんな風に紅茶を淹れているのですか？」

「前線ではこんな感じだな。もっとも普段なら従者がやる仕事だがね」

「あっ、騎士様にこんなことをさせるなんて、僕が淹れた方がよかったのかな？」

「そんなことを気にすることはないよ。君は船長であって私の従者ではないだろう？」

シエラさんは優しく微笑《ほほえ》んでサンドイッチを渡してくれた。きりりとした表情をすることが多い人なので、笑顔を見せると余計にかわいく見えてしまう。なんとなくソワソワした気持ちで僕は紅茶をすすった。


二人で並んでお昼ご飯を食べていると、上流の方から帆を張った小型船が三艘《そう》こちらに近づいてきた。小型船とはいっても、シャングリラ号より少し大きいくらいの船だ。

川幅は広いのに船はわざわざ並んだ状態でこちらに近づいてくる。上流を見つめながらモグモグとサンドイッチを食べていたシエラさんの眉根《まゆね》が少しだけ寄った。

「レニー君、気をつけていてくれ。ひょっとするとよからぬ輩《やから》かもしれない」

一見すると漁船のように見えるけど、僕も違和感を覚えた。船体に傷が多いのだ。

「それとな……」

シエラさんが珍しく口ごもった。

「どうしたんですか？　僕のことなら心配しないでください。いつでも発進できるように船を待機させておきますから」

「そうではない。あの程度の水賊なら私一人でも余裕で対処できる……」

攻撃魔法を使える騎士はとてつもなく強い。一般人では五〇人が束になっても敵わないとまで言われている。そんな騎士が何の心配をしているのだ？

「その……お願いがあるのだ」

「お願い？」

もじもじとしている姿がちょっとかわいい……。

「あのな、実戦に機銃を投入してもいいかな？」

ええ⁉　シエラさんは顔を赤らめながら機銃にチラチラと目をやっている。前言は撤回だ。この人は単なるバトルジャンキーかもしれない。

「いいですけど、やりすぎはダメですよ」

「心得ている！」

あ～あ、なんて嬉《うれ》しそうな顔をしているんだろう。水賊にちょっとだけ同情してしまった。

川を下って現れたのは、どこからどう見ても盗賊にしか見えないような集団だった。

「ヒュ～、見たこともないような船がいると思ったら、いい女が乗っているじゃねえか！」

「有り金と荷物を奪ったら命だけは助けてやるぜ。もっとも、そちらの姉ちゃんは俺たちと一緒に来てもらうがな」

何も知らない水賊が馬鹿笑いをしている。シエラさんは旅装だから騎士だと気が付いていないいんだな。君たちが喧嘩《けんか》を売っている相手はハイネーン王国が誇る最強の騎士団の一員だ。しかも新しい機銃《おもちゃ》を試したくてうずうずしている、ちょっとだけヤバめな人なのに。

シエラさんは二〇人以上の水賊に囲まれても平然とした態度を崩していなかった。

「なかなかいい度胸をしているな。私はハイネーン王国・ルマンド騎士団に所属するシエラ・ライラックだ。名乗ったからには後には退《ひ》かん。お前たちも覚悟することだな」

シエラさんが騎士だと聞いて水賊たちの顔色が変わった。それはそうだ。騎士団は常に最前線で魔物と戦う最強の軍団だ。戦いの中で磨かれた魔法と武技に一般人が敵うはずもない。

「ハ、ハッタリだ。こいつは嘘《うそ》をついている！」

人間って自分が信じたいものを信じるんだって。じいちゃんが言ってた！

「そ、そうだ。たとえ騎士であっても俺たちが全員でかかれば……」

水賊たちの対応を見てシエラさんがニヤリと笑う。

「お前ら全員を捕縛してやる。まずは……」

シュッシュッシュッシュッシュッシュッシュッシュッシュッ！

シエラさんは機銃を使っていきなり敵船の胴体に穴を開けていた。威嚇射撃じゃなくてしょっぱなから攻撃!?　バリバリと音を立てながら木製の船は砕け散っていく。

「アハハハハハッ！　これでもう逃げられないぞ」

いいえ、全員水に飛び込んで逃げてますって。機銃の威力を目の当たりにした水賊たちは泡を食って冷たい水に飛び込んでいる。まだ春浅いセミッタ川の水は凍えるほどだろうに。

残っている二艘も錨《いかり》を上げて逃げだそうとした。

「逃がさない。逃がすものか！」

機銃の連射でまた一つ船が沈む。

「ダメですよ、シエラさん！　船を全部破壊したら、捕縛した奴らを乗せるものがなくなります！」

僕は慌ててシエラさんを止めた。

「そうか、もうおしまいか……祭りの後は哀しいものだな」

お祭りじゃないですから！　二艘の船に穴を開けたシエラさんは名残惜しそうに機銃から手を離した。

「歯ごたえがなさすぎて困る。もっとこの武器の性能を十全に試せる敵に遭遇したいものだ」

遭遇したくありません！

シエラさんは魔法で水面に氷を張ると、そこを走って水賊を捕まえた。捕まえては殴って気絶させ、気絶したら船に放り投げるを繰り返している。その間、僕は機銃を構えて残った船を見張った。

「動かないでよ。動いたら遠慮なく撃つからね」

すでに機銃の威力を見せつけられていた水賊はカクカクと首を振りながら、その場にじっとしていた。

こうして二三人の水賊を一人残らず捕らえることに成功した僕たちは、水賊の船をけん引しながら次の町を目指すことにした。移動速度は落ちてしまったけど、奴らを野放しにしておくことはできない。

「水賊はどうなるんですか？」

「おそらく北の大地で強制労働だ。国境の町で開拓に従事させられるだろう」

かなりきつめの刑罰が待っているようだ。
20㎞ほど進んだ町で警備隊に水賊を引き渡して僕たちは先を目指した。カサックまではあと160㎞、次のレベルアップまではあと20㎞になっている。目前に迫ったレベル7に思いを馳《は》せながら、僕は再びシャングリラ号のスピードを上げるのだった。

そのままシャングリラ号を走らせていると、三〇分くらいでレベルが上がった。シエラさんに断って一旦《いったん》船を停める。ステータスを確認したくて次の休憩まで待ちきれなかったのだ。

名前　レニー・カガミ
年齢　13歳
ＭＰ　７２０
職業　船長（Lv.７）
走行距離　３２０㎞
所有船舶　■魔導モーターボート　全長４・８ｍ　全幅１・９２ｍ　定員５名
60馬力エンジン搭載（およそ１４０ＭＰで１時間の運用が可能）
魔力チャージ５００ＭＰ

■ローボート（手漕《てこ》ぎボート）全長2・95ｍ　全幅1・45ｍ　定員2名
10馬力の船外機付き（およそ110ＭＰで1時間の運用が可能）
魔力チャージ350ＭＰ

レベルアップにより船にオプションがつけられます。
a．サーチライト：夜の航行を可能にする明るいライト
b．予備燃料タンク500ＭＰ

今度のオプションはサーチライトと予備タンクか。これは今までで一番迷う選択肢だ。レベルの上昇に伴って僕の保有ＭＰも増加している。予備タンクをつければ、寝る前などのこまめなＭＰチャージにより、大幅な魔石の節約ができるだろう。長距離航行には欠かせないオプションだと思う。その一方でサーチライトも捨てがたい。これさえあればいつでも船が出せるのだ。非常事態などを想定すれば、こちらも絶対に必要な装備と言えた。

今回はかなり迷ったけど、僕はサーチライトを選択した。予備タンクは魔石のストックで代用が利《き》くが、サーチライトはどうにもならないからだ。光魔法を使えれば問題はないのだけど、僕ができるのはちょっとした火炎魔法だけだからね。灯《あか》りとしては光量が足りないし、継続時間も短い。

ステータスボードの確認ボタンを押すと、運転席を挟むようにして金属製のポールが出現した。ポールの上部には四角い箱が取り付けられている。あの部分が光って明るく照らしだすようだ。今は昼間だからライトをつけても環境に変わりはない。夜になったらもう一度試してみようと考えて、再び出発した。

朝の七時前にミラルダを出発してそろそろ九時間が経《た》とうとしていた。

「レニー君、疲れてはいないかい？」

シエラさんは心配してくれたけど、僕は全然疲れていなかった。むしろ初めて見る景色《けしき》にワクワクしっぱなしだ。パル村からこれほど西に来たことはないから、見るものすべてが珍しい。これまで知らなかった植物、頭に雪をかぶっている高い山々、人々の顔つきだって東の方とはちょっと違う気がした。

太陽は西に傾き、進行方向の正面にあった。僕は眩《まぶ》しさにボートのスピードを落とす。目を細くして慎重に航行していると、地平線の彼方に四角い石の塊のようなものが見えてきた。

「シエラさん！　あれってもしかして」

「そうだ。あれがカサック城塞《じょうさい》だよ」

夕日に照らされたシエラさんの白い肌が薔薇色《ばらいろ》に染まっていた。その顔に安堵《あんど》と喜びが広がっている。僕たちは無事にカサックまでたどり着けたようだ。しかもたった一日で。

カサックは巨大な城塞都市だった。さすがは西方の守護者と呼ばれるだけはあり、城壁の高さも厚みも、ミラルダをはるかに上回る。乾燥地帯特有の赤土にそびえる壁は、近くで見上げれば首が痛くなるほど高い。

この近くで切り出してきた石材を使っているので、全体的に赤茶けた色なのだが、中には綺麗《きれい》に装飾されている部分もある。そういう場所は高貴な人が通る門が設置されているのだそうだ。

「すごいだろう？　高さは40ｍ、厚さも15ｍあるんだ」

「これほど巨大な建築物を見るのは初めてです。これを見られただけでもカサックへ来たかいがありました！」

シエラさんは司令部へ出頭しなくてはならなかったので、僕は宿を確保すると一人で街へ見物に出かけた。

街の市場はすごい賑《にぎ》わいを見せていた。露店には見たこともないような柄の絨毯《じゅうたん》や、独特な造形をした銀食器が並んでいる。これらは魔物のいる危険地帯を越えて、西方の諸外国からもたらされた品物ということだった。

「おじさん、これは何？」

「こいつはレイシーさ」

初めて見る茶色い実が籠《かご》に盛って売られている。クルミくらいの大きさで、固そうな外見をしていた。

「レイシーを知らないなんて、余所《よそ》から来たんだね？」

「うん、川の下流のミラルダからなんだ」

「ずいぶんと遠くから来たんだなぁ。ほら、味見をさせてあげるから一つ食べてみな」

親切なおじさんがレイシーを手渡してくれた。

「皮は手でむけるよ」

皮をむいて驚いた。中から現れたのは外見からは想像もつかなかった白い実だ。果汁がたっぷりで、透き通るように光っている。

「大きな種があるから気をつけて食べるんだよ」

「いただきます」

食べてもう一度驚いた。爽《さわ》やかな甘みが口いっぱいに広がり、清涼な香りが鼻に抜けていく。これまで嗅《か》いだことのない不思議な香りだった。

「うわあ、美味《おい》しいですね！」

「だろう？　日持ちがしないからこの辺でしか食べられない果物なんだ。東の人が食べることはまずないんじゃないかな」

「うん、ミラルダの市場でも見たことがないよ」

「はっはっは、こいつをミラルダで売ることができたら高値がつくかもしれないな」

たしかに！　販路を持っていない僕がいきなりレイシーを買うなんて無謀はしないけど、荷運びをすれば商売は可能だ。鍛冶師《かじし》として各地を回るつもりでいたけど、今後は交易で稼ぐということを視野に入れてもいいかもしれない。だって僕は船長なんだから。

でも今のボートじゃ大量の荷物は積めないよな。商品価値の高い物を少量のせるくらいしかない。他に今できそうなのは高速艇として、人々を特別料金で運ぶくらいだ。レベルが上がって大型船を所有できるようになったら今後の展望も開けてくるだろう。お土産にレイシーをたくさん買って、露店を後にした。

シエラさんが宿屋に戻ってきたのはすっかり夜も更《ふ》けてからのことだった。少しだけ疲れた表情をしている。

「ただいま。会議が長引いてこんな時間になってしまったよ」

「お帰りなさい。あれっ、そちらの人は？」

シエラさんの後ろに背の低い女の人が立っていた。年齢は僕より上のようだ。くりくりとした目はいきいきとしていて、人懐っこそうな笑顔をした人だった。薄いピンクの髪を二つに結んで西部地方らしい派手な服を身に着けている。声も大きく、弾むような話し方をする、ずいぶんと元気のいい人だった。

「これは友人のルネルナだ」

「はじめまして、レニー君！　シエラに貴方のことを聞いて興味が湧《わ》いてしまってね、ぜひ会ってみたくてついてきたの。美少年とは聞いていたけど、これならシエラが興奮しているのも納得だわ」

「バッ、バカ者‼　レニー君、気にしないでくれ。ルネルナは時々言動がおかしくなるんだ！」

「わかっています。シエラさんが興奮したというのは、僕じゃなくて機銃に対してですよね」

「ま、まあ……その、レニー君にも興味があるんだぞ。今日一日でより一層の交友を深められて私も嬉《うれ》しく思っている……」

シエラさんは気を使ってそう言ってくれたのかもしれないけど、旅を通して僕らの仲が深まっているのは事実だ。川をさかのぼりながら僕たちはたくさんのことを話している。

「僕もシエラさんと知り合えたことを天に感謝しています。シエラさんは強くて、凛々《りり》しくて、知識も豊富で、素晴らしい騎士だと思います！」

「うっ……」

素直な感想を言っただけだったのに、シエラさんは固まって動かなくなってしまった。あんまり人に褒められるのが得意じゃないのかな？　僕はじいちゃんの教えを守って、人のいいところを見て、感想を言っただけなのに。

「こんなところで立ち話もなんだからレストランへ移動しましょう。ほら、シエラも感動の硬直を解いてこっちに来なさい」

ルネルナさんの提案で僕らは食堂へと移動した。

西方の料理はスパイスをふんだんに使ったものが多いと聞いていたけど、それは事実だった。僕らは薄パンに肉や野菜をたっぷりと巻いて食べる名物料理を堪能した。

とっても美味しかったけど、肉には香辛料がたっぷりと振りかけてあって、食べると口の中が火事のようにヒリヒリとしてしまう。そんなときは薄切りのキュウリを浮かべたヨーグルトスープで冷やすのがカサック流だ。辛いものでたくさん汗をかいた僕のために、ルネルナさんは甘い薔薇水を注文してくれた。

「えっ⁉　ルネルナさんって、あのニーグリッド商会の会頭の娘さんなんですか？」

「そうよ。今は修業のためにカサック支部で働いているの」

ニーグリッド商会は僕のような子どもでさえ知っているハイネーン王国でもトップクラスの豪商である。つまりこの人は超がつくお嬢様なわけだ。そんな人が僕に何の用だろう？

「レニー君」

「はい？」

「お姉さんのモノにならない？」

「はっ？」

いきなり何のお誘いだ？

「おい、ルネルナ」

シエラさんも怒ったようにルネルナさんをこづいている。

「あはは、言い方が悪かったわね。私はレニー君を専属の船長として雇いたいなって考えているのよ」

「僕をですか？」

「ええ。シエラに聞いたんだけど、君の船を使えばたったの九時間でミラルダ—カサック間を航行

できるんですって?」

ルネルナさんの目が怪しく光っていた。

昨日は騎士団に誘われたけど、今回は豪商からのスカウトだ。頼りにされるのは嬉しいけど、僕はもっともっと広く世間を見て、船の能力をさらに伸ばしたいと考えている。

「誘っていただけるのはありがたいのですが、専属とかはまだ考えられなくて……」

「ほら言っただろう。レニー君は自由を愛する船乗りだって」

シエラさんが微笑《ほほえ》んでいた。

「え～、私と一緒にセミッタ川の覇者になりましょうよ。川を制する者はハイネーン王国を制するのよ」

川の覇者ねぇ……。僕はもっと遠くへ行きたいな。

「いずれ海に出たいんです。川を下って王都ハイネルケを経てルギアの港から海の方へ」

今のシャングリラ号でも沿岸部ならそれは可能だし、レベルが10になればもっと大きな船が手に入るはずだ。

「海……」

「はい。アドレイア海だけじゃなくてノワール海、その先の外海にも」

ルネルナさんはじっと僕の目を見つめてきた。真剣なまなざしに少し居心地《いごこち》が悪くなってしまう。

「あの……」

「レニー君……ううん、レニーって呼ばせてもらうわ」

「はあ」

「貴方、本気で言っているの？」

「はい。いろいろな国へ行って、いろんなものが見たいなって今は思っています」

ルネルナさんはさらに少しだけ身を乗り出す。

「海の魔物は強力で、貿易船の四七％は港に帰りつけないのが現実よ。おかげで海外貿易の利益は莫大《ばくだい》なものになっているけど。レニー、それでも海に出たいの？」

「そうなんですね……。でもシャングリラ号なら大丈夫だと思うんです。僕の固有ジョブ『船長』がそう囁《ささや》くんですよ」

「固有ジョブ？」

「はい、祖父から受け継いだ力です。僕の祖父は異世界人で勇者だったんです」

ルネルナさんはさらに穴が開くほど僕を見つめてきた。そして嬉しそうに笑いだす。

「本当に不思議な子ね！　本気で私のモノにしたくなっちゃうじゃない」

「えっ？　えっ？」

「こら、ルネルナ。私の前で不穏当な発言は許さんぞ」

「だって、レニーが可愛《かわい》いんだもん。よ～し、こうなったらお姉さんが手取り足取り、あんなことやこんなことを教えてあげちゃう」

「ルネルナ！」

「ちょっと勘違いしないでシエラ。私が言っているのは商売のことよ」

商売？　ルネルナさんは少しだけ真剣な顔に戻った。

「レニー、世界を見るには何が必要だと思う？」

そりゃあやっぱり……。

「船と知識とお金ですか？」

そう答えるとルネルナさんはニッコリと笑顔になった。

「やっぱりあなたは賢いわね。そう、何をするにしても資本というのは必要だわ。生活を維持して未来に備えるのにもお金は有効なの。幸いにしてレニーには船と、それを動かす知識があるわ。だったら交易でお金を稼がない手はないわよ」

それは当然だと思う。人の世では何をするにもお金は必要だ。

「私がレニーの先生になってあげる。どこでどうやって品物を仕入れ、どの国で何を売ればいいのかのね。もちろんいろんなお店に紹介状も書いてあげるわよ」

「本当ですか⁉　それはとってもありがたいです。実は市場で初めてレイシーを見て交易のことを考えていたところだったんですよ。もっと大きな船を召喚できるようになったら、ぜひ交易を始めたいって」

「やっぱりレニーは見どころのある男の子ね！」

ルネルナさんが先生になってくれるなら思ったよりも近いうちにそれが実現するかもしれない。

「それでだけどね……」

ルネルナさんは突然甘えたような声を出してきた。

「私、至急ミラルダに行かなきゃならないの。だからぁ……明日シエラと一緒に乗せてってくれないかな？　運賃はレッスン料と相殺ってことで」

そうきたか！　さすがは商人、抜け目がない。

「ルネルナ、ケチケチしないで運賃くらい払わないか」

「貴女《あなた》は騎士団の経費で乗れるからいいけど、私はポケットマネーからの支払いなのよ。節約できるものは節約しなきゃ」

「いいですよ。どうせついでですから。その代わり紹介状をお願いします」

ちゃっかりしているとはいえ、各地の店に紹介状を書いてもらえるというのなら僕にとってもメリットの方が大きい気がする。それもただの紹介状じゃない。豪商ニーグリッド一族の一人が書く紹介状だ。その価値は計り知れない。

明日は賑《にぎ》やかな船旅になりそうだった。

食事が終わると僕は川へ行くことにした。昼間につけたサーチライトの性能を見ておくためだ。ルネルナさんも船を見ておきたいということで、シエラさんとともについてくることになった。

ホテルを出たところで気が付いたんだけど、ルネルナさんにはボディーガードが五人もついていた。全員が黒くて丈の長い服を着ている。

「強そうな人たちですね」

「ええ、一人一人が騎士に匹敵する強さを持っているわ」

ルネルナさんはこともなげに言ったけど、これはすごいことだぞ。攻撃魔法を使える騎士は国から高給で雇われており、社会的地位も高い。

そんな騎士にならずに一介のボディーガードに甘んじているということは、それだけの給金を貰《もら》っているということなのだろう。全員雇ったらいくらになるのかな？　つまらない計算をしながら僕は川へ向かった。

セミッタ川のほとりでシャングリラ号を召喚すると、ルネルナさんが唸《うな》るような声を上げた。

「召喚魔法を見るのは初めてじゃないけど、船を召喚するなんていうのは聞いたことがないわ」

「下級天使とかゴーレムとかが一般的ではあるな。ルマンド騎士団にも召喚士はいるが、ランクアップしていく船は初めてだよ」

ルネルナさんとシエラさんがしきりに感心している。

「それにしても便利な術よね。港の停泊料が大幅に節約できるじゃない」

目の付けどころが商人だ。小型船なら大した料金は取られないけど、大型の貿易船ともなると港湾使用料はかなり高額らしい。きっと馬鹿にならない経費なのだろう。

僕はルネルナさんの手を引いてボートに引き上げる。

「思っていたよりは手狭ね」

「まだ定員五人の小さなボートなので」

「これだったら荷物は木箱三つが限界か……」

木箱が三つ？

「どういうことですか？」

「ほら、せっかくミラルダまで行くんだから、積める商品は積んでもらおうかなって。あはは……」

本当に商魂たくましい。いっそ清々しいくらいだ。自分の分はお土産くらいしか積むものはないので荷物のことは了承した。

ルネルナさんが手を使ってデッキの広さを測っている間に、僕はサーチライトのスイッチをオンにする。

「うわっ！」

あまりの眩《まぶ》しさにみんなが声を上げたくらいだった。２００ｍ先でも本が読めるくらいに明るいぞ。これなら夜の川でも航行できそうだ。

「この灯《あか》りがあれば夜の射撃も可能だな！」

嬉しそうにシエラさんが感想を述べている。これがなければ真面目《まじめ》な騎士様として素直に尊敬できるのに……。たしかに夜間強襲作戦とかには便利そうだけどね。

「それじゃあ、明日はよろしく頼むわね」

ボートの様子から積み荷の量を決めたルネルナさんを見送り、僕らも宿へと戻ることにした。

カサック到着時点で総走行距離は４８３㎞に達している。次のレベルアップは６４０㎞だ。帰り道でレベルは８になるだろう。

船体のグレードアップはまだだと思うけど、オプションがどうなるかが楽しみである。予備タンクが選べるようなら欲しいけど、もっといいものが出ることも期待したい。

「明日の天気もよさそうだな」

夜空を見上げたシエラさんが呟《つぶや》いた。北の目印であるペン座の先がピカピカと明るく輝いている。この分なら雨が降ることもないだろう。本当によかった。だってシャングリラ号には運転席を含めて雨よけの屋根はついていないのだ。

明日のオプションで出てくるかな？　それとも、屋根は次の船を待たなくてはならないのだろうか？　あれこれと想像をめぐらしながら宿への道を歩いた。


翌日は朝の六時にカサックを出発した。ひんやりとした風が肌に冷たい。帰り道でパル村に寄って家から毛布を取ってきた方がよさそうだ。ローボートのときに比べてスペースに余裕ができているから、今後は生活必需品を積み込んでいくのもいいかもしれない。

川を下っているので行きよりも帰りの方がスピードは出ている。出発から四時間ほどでレベルが8に上がった。すぐにでも「ステータスオープン」と叫びたかったけど、休憩場所まではあとわずかだ。ぐっとこらえて操縦に専念した。

名前　レニー・カガミ
年齢　13歳
ＭＰ　８９０

職業　船長（Lv.８）
走行距離　６４８㎞
所有船舶　■魔導モーターボート　全長４・８ｍ　全幅１・９２ｍ　定員５名
60馬力エンジン搭載（およそ１４０ＭＰで１時間の運用が可能）
魔力チャージ５００ＭＰ
■ローボート（手漕《てこ》ぎボート）全長２・９５ｍ　全幅１・４５ｍ　定員２名
10馬力の船外機付き（およそ１１０ＭＰで１時間の運用が可能）
魔力チャージ３５０ＭＰ

船長の固有スキル「気象予測」を会得。これにより所在地における２日後までの天候を予測できます。

途中の町で休憩してステータスボードを確認した。なんて素晴らしいスキルなんだろう！　天気が分かれば嵐《あらし》などをさけて航行ができ、計画だって立てやすい。どれどれ、さっそく今後の天気を予測してみようか。
意識を集中させると気象情報が頭に滑り込んできて、今後どうなるかが手に取るように分かった。

午後から風が強くなるけど、今日一日は晴天。明日は真夏のように猛烈に暑くなるか……。

「どうしたんだい、レニー君？　考えごとをしているようだけど？」

気が付くとシエラさんがすぐ近くにいた。ステータスボードは他人には見えないようで、僕がぼんやりと宙を見ていると勘違いしたらしい。

「またレベルが上がったんです。船長の固有スキル『気象予測』という能力に目覚めました」

「気象予測ですって⁉」

大きな声で食いついてきたのはルネルナさんだ。

「小麦は⁉　今年の小麦の出来はどうなるの⁉　海の様子は？　雨季はいつからいつまで⁉　教えて！　お姉さんに全部教えて。何でもしてあげるから‼」

「く、苦しいです……」

人にものを頼むのに胸倉を掴《つか》むのはよくない。それにお顔が近いです……。

「落ち着け、ルネルナ。レニー君が困っているぞ」

「落ち着いてなんかいられないわ。大儲《おおもう》けのチャンスなのよ！」

秋小麦の出来が分かれば、春小麦の買い付け量が調整できるというわけか。秋が不作なら今のうちに買い占めて、暴利を貪《むさぼ》ることだって可能だ。

「残念ながら二日後までの天気しかわかりませんよ」

「な〜んだ。一年先の天候がわかるんなら、お姉さんはレニーに全《すべ》てを捧《ささ》げたんだけどな……」

怪しく媚《こび》を売られても、わからないものはわかりません。

「いやいや、二日後の天気がわかるというのは大したものだぞ。軍事行動の作戦立案には欠かせない能力だ。レニー君はやっぱり騎士団専属の船長としてだな――」

「たしかにニーグリッド商会の船にレニーがいれば鬼に金棒よね。やっぱりレニーは私のモノに――」

お話ししているお姉さん方は放っておいて、先日市場で買ったオレンジをむいた。今日もじいちゃんのナイフはよく切れる。

「はい、オレンジがむけましたよ。これを食べたら出航しましょう!」

ミラルダまではあと200㎞以上もあるのだ。

道すがらルネルナさんは約束通り交易の基本を教えてくれた。役所での手続きの仕方からはじまって、買い付けや販売の方法までを一通り説明してくれる。

「基本は安く買って高く売るよ。セミッタ川で言うならカサックで絨毯《じゅうたん》や銀食器を買って、王都ハイネルケで売るのが基本ね」

「王都では何が買えますか?」

「ハイネルケは宝石加工の技術が高いの。良い職人が揃《そろ》っているから宝飾品が有名よ。ただし、カサックではあまり高値はつかないわ」

最前線では宝石の需要がないのかな?

「この場合は王都からカサックに引き返さずに、川下のルギアの港で売ればいいのよ。カサックで絨毯と銀食器を仕入れる。王都でそれを売って、宝飾品を買ってルギアへ。ルギアでそれを売って、外国から来た香辛料などを購入。これを王都で販売、利幅は少ないけどよく売れるワインなどを積み込んでカサックへ。これがいわゆる三点貿易ってものね」

商品はニーグリッド商会を通して卸してもらえるそうなので売買も楽だ。大きな船で海に出られるようになるまではこれで修業してみるというのも手かもしれない。

ミラルダに戻ってきたのは午後三時くらいのことだった。今回の遠征で総走行距離は863㎞になっている。次のレベルアップは1280㎞か。もう一度カサックまで行けばちょうどそれくらいになるな。

「レニー君、世話になったね」

「住むところが決まったら、ちゃんとお姉さんに連絡するのよ」

「はい！」

シエラさんもルネルナさんも定期的に仕事をくれるそうだ。今回の旅では3000MP分の魔石と5000ジェニーを報酬として貰《もら》った。100MP分の魔石は100ジェニーくらいで販売されているから、実質8000ジェニーを貰ったようなものだな。これだけあれば当面の生活は困らない。

荷物は船に積んだまま送還できたので、僕は比較的身軽だった。手にはカサックで買ったレイシーの籠《かご》を持っているだけだ。美味《おい》しかったのでいっぱい買ってしまったけど、一人で食べきるにはちょっときつい量がある。

そういえば、ミーナさんのアパートはこの近くだったな。料理人のミーナさんなら珍しい果物を喜んでくれるかもしれないからお土産もかねてお裾分《すそわ》けしてあげよう。そう思いついて僕はミーナさんの家へ向かった。


玄関に出てきたミーナさんはどんよりと暗い顔をしていた。きっとまだ仕事が見つかっていないのだろう。それでも僕が挨拶《あいさつ》をすると優しい笑顔を見せてくれた。

「今日はどうしたの？　あっ、鍋《なべ》の代金なら――」

「そうじゃないです。仕事でカサックへ行って、お土産にレイシーを買ってきたんです。たくさん買ったのでミーナさんにも分けてあげようと思って」

「まあ！　私もレイシーは大好きなの」

料理人だけあってミーナさんはレイシーのことも知っていた。

「でもカサックなんて遠いところまでどうやって行ってきたの？　前に会ったのはほんの二日前じゃなかったかしら？」

「実は、ものすごく速い船を持っているんです」

「速い船っていったって……。あ、こんなところで立ち話も何ね。どうぞ、あがっていってよ」

「じゃあちょっとだけ」

以前にも通された居間へとお邪魔することになった。

「えっ……？」

部屋の中に通された僕は困惑してしまう。ミーナさんの部屋は元から荷物が少なかったけど、今日はさらにがらんとしていたのだ。

「どうしたんですかこれ？」

「恥ずかしい話なんだけど、家賃が払えなくなっちゃってね……」

ミーナさんはテヘへと頭をかいている。お金に困って持ち物をだいぶ処分したようだ。笑っているけど、これって大変なことなんじゃないか？

「これからどうするんですか？」

「荷物を売ってお金は作ったから来週までの家賃はあるのよ。それまでに仕事が見つかればいいんだけど……」

仕事探しはうまくいっていないそうだ。お昼をご馳走《ちそう》になったことがあるから知っているけど、ミーナさんの作る料理はとても美味しい。それでも雇ってもらうのは難しいのか……。

「そんな暗い顔をしなくても大丈夫よ。それよりもせっかくのレイシーだから一緒に食べましょう。今お茶を淹《い》れるわ」

僕らは向かい合ってレイシーを食べた。

「本当に不思議な香りですよね。初めて食べたけどすっかり気に入っちゃって」

「美味しいわよね。そのまま食べてもいいけど、氷冷魔法でシャーベットにしたり、柑橘類《かんきつるい》と合わせてゼリーを添えても美味しいのよ」

レイシーのシャーベットか。それはとても美味しそうだ。

「シャーベット……」

「どうしたの、レニー君？」

「そうか、シャーベットだ！」

自分の思い付きに興奮している僕をミーナさんは怪訝《けげん》な顔で見つめてくる。

「いったいどうしたっていうの？」

「僕は『船長』という特殊な能力を持っていまして、その力の一つに『気象予測』というのがあるんです」

「気象予測？　お天気がわかるの？」

「それです。で、明日の天気なんですけど、想像もつかないほど暑くなることがわかっています。日中の気温は夏のようになるんです」

「へぇ～……。でも、それがどうかしたの？」

「だからシャーベットを作れば、みんなが欲しがるんじゃないかなって」

「ああ！」

レイシーのシャーベットは珍しいからみんな喜ぶだろうし、市場で売っているオレンジやレモンを使ってもいい。突然夏のように暑くなるなら、きっとよく売れるだろうと考えたのだ。

「本当に暑くなるの？」

ミーナさんはちょっと不安そうだ。今日は肌寒いくらいの気温だから、暑くなると言われてもにわかには信じられないのも無理はない。

「大丈夫です。資金なら僕が出しますから一緒にやりましょうよ」

「でも、シャーベットをどこで売るつもり？　店の用意をしている時間はないし、役所の許可がないと露店は出せないのよ」

町で店を出すには出店料を払って許可証をもらわなければならない。

「小型ボートの上で売ればいいかなって考えています」

モーターボートじゃなくて、最初に使っていたローボートの方だ。これなら都市内の水路にも入っていけるし、関所で払う通行料だけで税金もかからない。近隣の農家がよく使う手だ。

「……わかったわ！　実は何軒も就職を断られて心が折れかけていたの。いい気分転換になりそうだし、明日は頑張って大量のシャーベットを作ってみるわ！」

ミーナさんに元気な笑顔が戻ってきた。

「そうと決まれば準備をしなきゃ。僕、パル村まで行ってきます！」

「この時間に？」

「家に使ってない器がいっぱいあるんですよ」

修業のために作られたゴブレットが二〇個くらい倉庫に眠っていたはずだ。売り物にはならないけど、露店の器として使うのならあれでじゅうぶんだろう。外は暗くなっていたけどサーチライトを試すいい機会でもある。

「大丈夫です。二時間もかかりませんから。明日の朝、船着き場に来てください！」

僕は港へ向かって駆けだした。

サーチライトを点灯すると夜の船着き場が明るく照らしだされた。この時間に航行する船はいない。いるとすれば密輸船くらいのものだろう。目をつけられても逃げきる自信はあるので気にしない。いざとなったら横っ腹に穴を開けてやろうかな？　いけない、いけない。シエラさんに影響されすぎかも。

「シャングリラ号、発進！」

夜のうちにパル村まで戻って、今夜は家で寝て、夜明けとともに戻ってくることにした。


早朝の船上市場でオレンジとレモンを仕入れ、ミラルダの船着き場にやってくると、もうミーナさんが待っていた。

「おはようレニー君。なんか無理をさせちゃったみたいでごめんね」

「全然そんなことないですよ」

昨日《きのう》はたっぷり寝たので疲れはバッチリとれている。それに、ミラルダ―パルを往復したおかげで走行距離は９４３㎞にまで増えていた。レベル９まであと３３７㎞だ。こうやってコツコツと距離を積み重ねていけば、すぐに到達するだろう。

「ずいぶんと大きな船だけど、これを使って露店をするの？」

「違います。これじゃあ水路には入れませんからね」

送還と召喚を繰り返して、ローボートの方を呼び出した。

「ふあぁ……。船長の能力ってすごいのね」

「さあ、仕事にとりかかりましょう。僕は何をすればいいですか？」

「まずこのエプロンをつけて、果汁を絞るところからはじめましょうか。絞った果汁を私が氷冷魔法で冷やしていくわ」

ミーナさんとお揃いの茶色のエプロンを着けて仕事にとりかかった。


僕の気象予測は正しく、太陽が高い位置にいくにつれ、ミラルダの町はどんどんと暑くなっていった。街を歩く人たちは上着を脱いで額の汗を拭《ぬぐ》っている。これなら目論見通りうまくいくかもしれない。ミーナさんと僕は目を交わして頷《うなず》き合った。

「冷たいシャーベットはいかがですか！」

「西方でしか採れない珍しいレイシーのシャーベットもありますよ！」

大きな声でお客さんを呼んでみる。ほとんどの通行人はチラッとこちらを見るだけだったけど、五分くらい呼び続けていたら、ついに車引きのおじさんがボートのところまで来た。重い荷物を運んでいたのか体中に汗をかいて、顔は茹蛸《ゆでだこ》のように真っ赤《まか》だった。

「シャーベットだって？」

「はい。レモンとオレンジとレイシーがあります」

「レイシーってのは初めてだな。そいつを貰《もら》おうか」

「40ジェニーです」

レイシーは40ジェニー。レモンとオレンジには30ジェニーという値段を付けた。緊張しながら見守っていると、一口食べたおじさんは、いかつい顔をほころばせる。

「こいつは美味《うま》いな！　爽《さわ》やかな香りがたまらんよ」

体の大きなおじさんは声も大きい。でもそのおかげで道行く人々が僕たちの方に集まってきた。

「俺もレイシーのシャーベットを一つ貰おうか」

「は～い」

ミーナさんが嬉《うれ》しそうに盛り付けをしている。彼女がやるとシャーベットは綺麗《きれい》なとんがり山の形になる。どうやったらあんなに手早く美しく盛れるのか謎だ。

「レイシーのシャーベットを一つください」

「こっちはレイシーとレモンね」

瞬く間にお客さんが増えて、もともと量の少なかったレイシーはあっという間に売り切れになってしまった。それだけじゃない。レモンもオレンジも次から次へと注文が入るのだ。

「レニー君、ここは私に任せて追加の材料を買ってきてもらえない？」

「わかりました。食器を洗ったらすぐ！」

「悪いけどお願いね！」

悲鳴のような喜びの声がミーナさんの口からこぼれた。

三時を過ぎたあたりで、ようやく客足が緩くなった。それまでは目が回るほどの忙しさで、シャーベットは飛ぶように売れた。僕は材料を買いに何回も市場へ走ることになったけど、満足感でいっぱいだ。

「やりましたね」

「本当に……。まさかこんなに売れるとは思わなかったわ。これもレニー君のおかげね」

「ミーナさんの作るシャーベットが美味《おい》しかったからですよ」

作っている途中で味見をさせてもらったけど、どれも本当に美味しかったのだ。改めて数えてみるとレイシーは三二杯、オレンジが一一四杯、レモンは九八杯も売れていた。

「ミーナさん、全部で７６４０ジェニーの売り上げです。経費を引いても６５００ジェニーくらいの利益ですよ」

「そんなに!?」

ミーナさんは遠慮したけど、僕らは利益をきっちり二等分した。

「これで、今月の家賃はどうにかなりそうだわ。ありがとう、レニー君」

「二人で力を合わせたからです。でも、明日からはまた寒くなってしまうのでシャーベット屋はしばらくお休みですね」

「それは残念」

「それに、僕はハイネルケの方へ行ってみたいと思っているんです」

今後の交易のためにも、今のうちに王都を見ておきたかったのだ。

「まあ、ハイネルケに⁉　いいなぁ、私は一度も行ったことがないんだ」

ミラルダからハイネルケは３２０㎞もあるので、一般の人が気軽に行ける距離じゃない。

「もしよかったら、ミーナさんも一緒に行きます？　って、そんな暇はないか――」

「いいの⁉　行きたい！　ううん、連れてってください‼」

そんなに⁉

「お仕事探しの方は大丈夫なんですか？」

「それはわかっているけど、王都に行けるのなんて一生に一度あるかないかのチャンスだもん。普通の船だと怖いけど、レニー君が一緒なら安心だし……」

「わかりました。そういうことなら一緒に行きましょう」

「やったぁ！　楽しみだわ、各地の料理や食材の研究ができるかも。手伝えることがあったら何でも言ってね。私は力持ちだから」

ミーナさんはムンッと力こぶを作ってみせるけど、パワフルというよりはカワイイって感じしかしない。それにまだ船は小さいから運べる荷物なんてほとんどない。手助けがいる場面はあんまりないだろう。

突然、真剣な眼差《まなざ》しになったミーナさんが僕の手を取った。

「ありがとう。レニー君って本当にすごいのね。まだ13歳だっていうのに、私なんかよりよっぽどちゃんとしているわ」

「いきなりどうしたんですか？」

「シャーベットのこととか、王都への旅とか、私の方がお姉さんなのにレニー君には助けられてばっかりで……」

「そんなことありません。僕だって美味しいご飯を食べさせてもらいました。ミーナさんはとっても親切で……もし、僕にお姉さんがいたらこんな感じなのかなって、勝手に想像していたんです……」

ちょっと恥ずかしかったけど、つい打ち明けてしまった。

「そっか、お姉さんか……。うん、私もレニー君みたいな弟がいたら嬉しいな。賢くて、機転が利《き》いて、そのうえ美少年」

「ええっ⁉　そんなことは……」

褒められすぎて顔が赤くなってしまう。まだ手を繋《つな》いだまんまだし……。

「ところで、レニー君は今から村まで帰るの？」

「いえ、今日はさすがに疲れたからミラルダで一泊していきます」

「だったら私の家に泊まっていきなさい」

「そ、そんなご迷惑はかけられません！」

独り暮らしの女性の家に泊まるなんてとんでもない。

「遠慮しているの？」

「そりゃあ……」

「私にとってレニー君は特別よ」

僕の手を握るミーナさんの手に少し力がこもった。

「希望の見えない日々の中で、久しぶりに充実した一日を過ごさせてくれた。そしてこれまで見たことのない世界を私に見せてくれようとしている」

焦る僕の姿を見てミーナさんは微笑《ほほえ》み、手の力を少しだけ緩めた。

「今日のこと、本当に嬉しかったんだ。久しぶりに私の作ったものを食べた人が笑顔になるのを見られたんだもん。レニー君には感謝してもしきれないくらい。だから少しでもレニー君の力になりたいの」

そこまで言われると断りづらい。それにミーナさんの家に泊まれるというのは僕にとってもありがたいことだった。宿代として鍋《なべ》の代金を差し引くという手もある。そして、身寄りのない僕に本当のお姉さんができたみたいで、そのことが何よりも僕を温かい気持ちにしてくれていた。

「それじゃあ、お世話になります」

「歓迎するわ。今夜はご馳走《ちそう》を作るわよ！」

夕飯はミーナさんが腕を振るってくれて、宣言通り豪華な食卓となった。僕も久しぶりに食事を作るお手伝いをした。料理は大好きだし、誰かとキッチンに立つのは楽しいものだ。それが、こんな素敵なお姉さんとならなおさらである。ミーナさんの作るディナーはどれも美味しく、量もたっぷりあった。

「満足してもらえたかな？」

「もちろんです。どれも美味しかったけど、メインディッシュの煮込み料理が最高でした」

「それはそうよ。あの煮込みは貴方のおじいさんの鍋で作ったんですもの」

そうなのだ。ミーナさんはそのためにわざわざ煮込み料理をチョイスしてくれた。きっと相手の心に寄り添って料理を作れる人なんだと思う。

「さあ、今日は疲れたでしょうから早く寝てしまいましょうね」

寝室に案内されて着替えると、一気に眠気が訪れた。

トントン。

「入るわよ」

手にお盆を持ったミーナさんがやってきた。

「夜中にのどが渇いてもいいようにお水を置いとくね。それじゃあ、おやすみなさい」

「おやすみなさい……」

女の人のパジャマ姿を見たのは生まれて初めてのことだ。突然のことに心臓がドキドキして目が冴《さ》えてしまった。これじゃあ寝られないかもしれない……。僕はあえて言いたい。無防備であることとは罪だと思う！

第三章　ニーグリッド商会

後に三界航路の覇者と称《たた》えられるレニー・カガミの船が公式な記録に登場するのは、クランバル二世の御代《みよ》、317年のことである。それは60馬力魔導エンジンを搭載した帆の無い船であった。信用に足る記録は少ないが、この船はセミッタ川を時速40㎞で遡ることが可能であったらしい。当時、運河を走る一般的な帆船の最高速度が時速15㎞未満だったことを考えれば、レニー・カガミの召喚する船がいかに速かったかがわかるだろう。

（『ハイネーン産業技術史』より）

翌日、僕は一人でニーグリッド商会へと向かった。王都ハイネルケへ運ぶ荷物があるのならそれを請け負わせてくれると、昨日ルネルナさんが約束してくれたからだ。自筆の紹介状も書いてくれたので何かしらの仕事は貰《もら》えるだろう。どうせハイネルケへ行くのなら、少しでも旅費を稼いでおきたかった。

ニーグリッド商会のミラルダ支部は事務所や会社が立ち並ぶ街の一等地に建っていた。重く立派なドアを開けると背の高い紳士が僕の方を振り向く。

「こんにちは、ニーグリッド商会へようこそ。どういった御用ですか？」

人当たりのよさそうな中年男性が対応してくれた。

「こんにちは、ルネルナ・ニーグリッドさんのご紹介でやってきました、レニー・カガミと申します」

僕が名乗った瞬間に紳士の顔色が変わった。それどころじゃない。事務所の中にいた店員さんが全員立ち上がったのだ。

「これはカガミ様！　ルネルナよりお噂《うわさ》は聞き及んでおります。さあさ、むさくるしいところですがどうぞこちらへ！」

仕事を斡旋《あっせん》してもらおうと思っただけなのに、応接室へ通されてしまった。しかも紅茶とケーキつきで……。

「あの、僕、じゃなかった、私は仕事をですね――」

「はい。ルネルナより聞き及んでおりますが、まずはこちらに目をお通しください。ルネルナよりの手紙でございます」

レニーへ
さっそくニーグリッド商会を訪ねてくれてありがとう。でも、急用ができたので私はカサックへ戻ります。レニーに会えないことをとても残念に思うわ。ここの職員には、貴方が私にとって大切な弟であることは説明済みだから安心してください。

ところで折り入ってレニーに頼みたいことがあります。別に用意した手紙と荷物をハイネルケのニーグリッド商会本店へ届けてもらいたいの。それもなるべく早くにです。護衛として今回は特別に騎士団が協力してくれることになりました。貴方もご存知のシエラよ。もしも、依頼を受けてくれるのなら職員から詳しい説明を聞いてください。

貴方のステキなお姉さま　ルネルナ

「ルネルナさんはハイネルケまで荷物を運んでほしいのですね？」

「はい、こちらの品です」

職員さんは小さな木箱を棚から出して、大事そうにテーブルの上に置いた。大した大きさじゃないからコンソール下のデッキハッチにしまえそうだ。あそこは防水になっているから重要書類を入れるにはもってこいなのだ。

「わかりました。明日には出発しましょう」

「あの……」

職員さんは遠慮がちに聞いてくる。

「カガミ様はミラルダからハイネルケまで八時間ほどで到達できると聞き及んでおります……。本当のことでしょうか？　あっ、疑っているわけではございませんが！」

普通は信じられないことだよね。

「はい。僕のシャングリラ号なら可能だと思いますよ。だから安心して荷物をお任せください」

「かしこまりました！　それから、こちらが今回の報酬の手付金となります。報酬は総額で3000ジェニー、手付として先に1000ジェニーをお渡ししますがそれでよろしいでしょうか？」

手紙を運ぶだけで3000ジェニーなら割のいい仕事かな。どうせなら他の荷物も運びたいけど、ミーナさんもいるし、護衛としてシエラさんも乗り込むことになっている。狭いボートではスペースが足りなそうだ。交易に関してはまた次回に挑戦することにしよう。出された紅茶とケーキを美《お》味《い》しくいただいてニーグリッド商会を後にした。

◆○◆○◆

レニーが事務所から出ていくと、職員たちはほっと安堵《あんど》のため息をついた。レニーを最重要人物として扱うようにルネルナからきつく厳命されていたからだ。

「あれがお嬢様の言っていたレニー・カガミ様か……」

レニーに対応していた職員は脱力したように自分の椅子に座った。その職員に別の職員が質問している。

「聡明《そうめい》そうな少年だけど、あの話は本当なのか？　最速の船ってやつは」

「ああ、お嬢様はその船に乗ってカサックからここまで来たんだ」

「しかし、ハイネルケまで九時間たらずだって？　そんなことがあり得るのか？　王都までは32

０㎞あるんだぞ」

もう一人の職員は納得がいかないといった態度のままだ。

「信じられないならそれでいいけど、あの少年に失礼な態度はとるなよ」

「なんでそこまで……」

「お嬢様はカガミ様をかなり買っている。今回の手紙はな、本店の会頭にカガミ様を会わせるための口実なんだよ」

「なっ！」

職員は驚きのあまりに絶句してしまった。それもそのはずで本店の会頭といえばハイネーン王国屈指の豪商であり、雲の上の存在である。ここにいる職員の中で会頭に会ったことがあるのは支部長くらいのものだったのだ。

◆○◆○◆

靄《もや》のかかる早朝の桟橋でシエラさんと合流した。朝はまだ肌寒いけど、春も深まり気温は日に日に上がっている。風も強くないので今日も快適な船旅になるだろう。

「おはようございます、シエラさん。今日はよろしくお願いします」

「やあ、レニー君。また君と旅ができて嬉《うれ》しいよ。ん？　そちらの方は？」

シエラさんがミーナさんに気が付いた。

「紹介します。この人はミーナさんです。とっても優秀な料理人で、僕の……姉のような人です」

「ほう……、よろしく頼む」

ミーナさんとシエラさんは互いにぎこちなく挨拶《あいさつ》を交わしていた。船乗りと料理人と騎士だなんて、ちょっと不思議な取り合わせだけど、そこが乗り物のいいところかもしれない。普段の生活では接点の少ない人々が長い時間を共有できるのが船旅というものだ。そして、ミーナさんもシエラさんも旅の道連れとしては最高に素敵な人たちだった。

「ここから王都までは比較的安全な航路であるが、二人も十分気をつけるようにな」

「はい」

「つ、ついては相談なのだが……」

シエラさんが何やら言いあぐねている。

「どうしましたか？」

「うむ……。みんなの安全は私が守るが、その……念には念を入れておきたい」

「はあ……」

「というわけであれをいつでも撃てる状態にしておいてほしいのだが……」

「あれというと、魔導機銃ですか？」

「それだ！　あれは大変便利だからな」

シエラさんは生真面目《きまじめ》なんだけど武器マニアなんだよな……。

「わかりました。いつものように船の前部に設置して召喚します」

シャングリラ号は今日も青と白の船体が美しい。僕らは三人で船に乗り込んだ。

船旅は順調だった。空は曇りだったけど、気象予測では雨は夜からと出ているので安心だ。両岸に咲き乱れるアーモンドの花を眺めながら楽しい川下りは続いた。

出発して二時間、ミラルダからはかれこれ80㎞は移動してきた。

「レニー君、疲れてない？　そろそろ休憩にしましょうよ」

ミーナさんが提案してきた。

「そうですね。どこか上陸しやすいところを探して休みましょうか」

そんな話をしているとシエラさんが唇に指を当てた。

「シッ！　ちょっと静かに……。今なにかが聞こえたような……」

そういえば風上から煙の臭いがしてきている。

ドーン……。

遠くの方から微《かす》かに爆発音も響いてきたぞ。

「あれは火炎魔法の攻撃音だ！　レニー君、至急船を！」

僕はスピードを上げて川を下る。しばらく進むと視界を遮っていた山の裾野が切れ、麦畑が点在する平原となった。

「見ろっ！」

シエラさんの指が空を指し示す。そこには禍々《まがまが》しい鉤爪《かぎづめ》のついた翼を広げた魔族が飛翔《ひしょう》しながら、眼下の村へ向けて攻撃魔法を放っているではないか。

「ガルグアが二体か。飛びながら攻撃を仕掛けてくる厄介な相手だ。レニー君、私は村の救援に向かう。君たちは私を下ろしたらどこか安全な場所に避難していてくれ」

「シエラさん一人で行くのですか？」

心配する僕にシエラさんは余裕の微笑みを見せた。

「安心したまえ。あの程度のザコなど私一人ですぐに片付けられるよ」

虚勢を張っているわけではなさそうだ。

「わかりました。でも無理はしないでくださいね」

ガルグアは羽毛のない鳥のような顔に人間に近い体をもった怪物だった。背中には蝙蝠《こうもり》のような羽も生えている。手には杖《つえ》のようなものを持ち、火炎魔法で村に火を点《つ》けて遊んでいるように見えた。

「グェッグェッグェッ！」

二体の魔族は笑うように鳴きながら、競うように炎を放っている。ボートが川岸に近づくと、シエラさんは停止を待たずに跳躍で上陸していた。岸までは10m以上もあったのになんという身体能力だろう。

「すぐにこの場を離れるんだ！」

そう言い残して、シエラさんは村に向かって駆けだした。

ミーナさんもいるので危険なことは避けなければならない。とにかく身を隠すのが先決だ。

「あちらの山向こうまで戻れば安全だと思うから、引き返しますね。掴《つか》まっていてください」

船首を回して退避しようとすると、動きだした船に近づく影があった。なんと村を襲っているのとは別に、さらに二体のガルグアが現れたのだ。

「グェッグェッ！ 小僧と女だ！」

「グェッ！ 捕まえて体を引き裂いてしまおう！」

ガルグアはくちばしを大きく開けて、耳障りな声で喚《わめ》く。船のスピードを上げたけど、相手は飛べる魔族だ。とても振り切れそうにはなかった。

ドォーン！

火炎魔法の攻撃によりボートの近くで水柱が上がる。ジグザグに走行して避けているけど、その分だけ距離は詰められた。こうなったらやるしかない！

「伏せていてください！」

スロットルを停止位置に戻し、僕は機銃に向かって駆け寄った。

「くらえっ！」

惰性で動き続けるボートからガルグアに向けて魔弾丸の雨を降らせてやった。

「グエッ⁉」

相手が子どもだと思ってガルグアはこちらを完全に舐《な》めていたようだ。真《ま》っ直《す》ぐに突っ込んできたところをハチの巣にしてやる。体中から血を噴きだしながら、ガルグアは川へと沈んでいった。

だけど安心はしていられない。魔族はもう一体いるのだ。

「おのれぇ！」

真っ赤《まっか》な目でこちらを睨《にら》みながら、ガルグアは手に火炎を作りだす。あれを当てられるわけにはいかない。機銃で弾幕を作ってガルグアに攻撃の隙を与えないようにする。だけど、ガルグアも素早く動き、僕の攻撃をかいくぐって反撃の機会をうかがっているようだ。

「あっ……！」

しまった。攻撃に夢中になりすぎてＭＰを使い果たしてしまったか⁉　朝からエンジンに魔力をチャージしていた分、僕のＭＰ残量は減っていたのだ。

僕を見つめるガルグアのくちばしがニイッと持ち上がった。

「魔力を使い果たしたな。グェッグェッグェッ！　なぶり殺しにしてやるから覚悟しろ」

ガルグアは翼を大きく動かしながらゆっくりと近づいてくる。僕は発射ボタンを何度も押すけど、カチカチという虚しい音がするだけで魔弾丸は発射されなかった。ここまでなのか？

そのとき、僕の背中に柔らかいものがムニュッと押し付けられ、耳元でミーナさんの声がした。

「私の魔力を使って。ここを押せばいいの？」

ガルグアは照準の中にある。だったらやることは一つだけだ。

「そうです、そのボタンです！」

ミーナさんの白い手が伸びて、機銃の発射ボタンを強く押し込んだ。

「グエッ⁉」

ミーナさんの魔力が具現化されて、近づく魔族に銀の光弾が突き刺さる。ガルグアは錐《きり》もみ状態で水の中に落ちていった。

ガルグアが撃破されたというのに、ミーナさんは発射ボタンから指を離すことなく、そのまま押し続けている。極度の緊張で体が硬直しているようだ。

「もう大丈夫ですよ！」

声をかけてはいるんだけど、ミーナさんはひきつった表情のまま魔導機銃を撃ち続けた。これ以上やったら魔力切れを起こしてしまうぞ！

「大丈夫ですから！」

固まったままのミーナさんを強引に機銃から引き離そうとしたけど、魔力切れを起こしている僕も体に力が入らない。二人で折り重なるようにデッキの上に倒れ込んでしまった。

「キャッ」

まずい……僕の手がミーナさんの胸の間に挟まってしまっている。でも、どかしたくてもすぐに動くことができないんだ。

「ごめんなさい。すぐにどきますから」

手に力を入れようとするんだけどうまくいかない。

「すぐにどきます！　すぐに……」

恥ずかしくて泣きそうになってしまう。

「大丈夫よ……レニー君がわざとやってるんじゃないってことはわかっているから」

「ごめんなさい……」

それきり僕らの会話は止まってしまった。二人とも黙ったままなので、川音とミーナさんの呼吸がやけに大きく耳につく。遠くからは魔法の攻撃音がしているけど、きっとシエラさんが戦っているのだろう。僕たちはそのままの体勢で体に力が戻るのを待った。

「やったわね、私たち。まさかこの私が魔族を倒せるなんて思ってもみなかったわ」

　船にしろ機銃にしろ、僕以外の人でも動かすことはできるのだ。ミーナさんが使える魔法は生活魔法レベルだけだけど、機銃はＭＰさえあれば使うことができる。

「ミーナさん、ありがとうございました。ミーナさんがいなかったら僕は殺されていたでしょう」

「それは私も同じよ。二人で協力したから乗り切れたのよね」

　互いの親近感がまた少し増した気がする。二人で共通の困難を乗り越えたからなのか。体が触れ合っていることはやっぱり恥ずかしかったけど、心の距離まで近くなったみたいに感じて僕は嬉しかった。

　数分が過ぎて、少し魔力が戻ったのを感じた僕はミーナさんから体を離した。

「失礼しました。大丈夫ですか、ミーナさん？」

「うん。でも、私はまだ動くのはちょっと……」

「そのままでいてください。村の方の戦闘音も止《や》んでいます。シエラさんが敵を撃破したのでしょう。様子をうかがいながら慎重に戻ってみます」

　今回の戦いでは反省点が二つある。一つは魔石を節約するために自分の魔力を使いすぎたことだ。今日のように、いつ魔力が必要になるかはわからない。これからは自分の魔力だけで船を動かすのはやめておくべきだろう。常に余力を残すことを心がけないと。

もう一つは船のスピードに頼りすぎて、飛べる魔物に接近を許してしまったことだ。船への過信も禁物だ。魔石を使って魔導エンジンの魔力チャージをしてから、シエラさんを迎えに行くために船を発進させた。


川岸から襲われていた集落の方を眺めたけど、さっきまで飛び回っていたガルグアの姿はどこにも見えなかった。

「たぶんシエラさんが片付けたんだと思います」

「そうよね。騎士がやられるわけないもんね……」

脳裏にじいちゃんの最期がチラッとだけよぎったけど、頭を振ってその考えを捨てた。現役の騎士がやられるわけない。特にシエラさんは騎士団の中でも屈指の猛者《もさ》だと聞いている。絶対に大丈夫！ 固唾《かたず》を飲んで見守っていると河原へと続く道に人影が現れた。あれは――。

「シエラさんっ！」

僕は船から飛び降りてシエラさんの方へと走った。シエラさんはそんな僕を笑顔で迎えてくれる。

「大丈夫ですか？ 怪我《けが》はありませんか？」

「おいおい、レニー君は心配性だな。あの程度の魔族なら私一人でじゅうぶんと言ったじゃないか。心配されるというのも悪い気はしないが……」

「よかった。シエラさんが強いのは知っていますが、戦闘に絶対はないですから」

「その通りだ。それがわかっているなら君はいい騎士になれるよ……っと、君は船乗りだったな。かえすがえすも残念だ。そちらはどうだった？」

「それが、シエラさんが村の救援にいったあと、船の方にも違うガルグアが二体も現れたんです」

「なんだとっ⁉」

僕はミーナさんと二人でガルグアを撃退した顛末《てんまつ》を話して聞かせた。

「君たちに怪我がなくて本当によかった」

「はい。ミーナさんがいなかったら危なかったですけどね」

「そんな、私なんて……」

「何言ってるんですか。二人で機銃を撃ったから倒せたんですよ」

「二人で……機銃を……」

シエラさんがなぜか拗《す》ねた顔をしている。

「僕が狙《ねら》いをつけて、ミーナさんが魔力を籠《こ》めてくれたんですよね」

「えへへ、倒せたときはちょっとだけ気持ちが良かったかな」

「クッ……」

よくわからないけど、シエラさんは悔しそうだ。この人は機銃が大好きだから使ってみたかったのかな。それはともかくとして心配なのは襲われた人々だ。

「村の方はどうですか？」

「被害ゼロというわけにはいかなかったよ。幸い死者は出ていないが、多数の怪我人と火事がな」

ガルグアは村に火を放って遊んでいたらしい。火事はシエラさんの氷冷魔法で消し止めたそうだけど、穀物倉にも引火して備蓄にも少しだけ被害が及んだそうだ。悲しかったけど、僕はある確信を持っていた。

「生きていれば大丈夫です」

パルの村だって三割もの人が亡くなってしまったけど、生き延びた人々は立派に村を再建している。簡単なことじゃないけど、人間にはそこから立ち直る力があると僕は知っている。僕も交易などで資金を稼ぐことができたら、パル村にとって役立つことに使おうと考えていた。

王都ハイネルケに向けて僕らは再び出航した。ところが走り始めてすぐにあの声が頭の中で響いて僕を驚かせる。

（レベルが上がりました）

コンソールの走行距離を見ると、ミラルダを出航してからまだ83㎞しか走っていない。出発時に総走行距離は９４３㎞だったから、トータルでも１２００㎞にすら達していないはずだぞ。次のレベルアップは１２８０㎞だと思っていたんだけど、どういうこと？

「ちょっとすみません。確認したいことがあるので船を停《と》めますね」

断ってステータスボードを開いた。

名前　レニー・カガミ
年齢　13歳
ＭＰ　１０２０
職業　船長（Lv.９）
所有スキル「気象予測」
走行距離　１０２６km　討伐ポイント　２５４　トータルポイント　１２８０
新船舶　■魔導水上バイク（クルーザータイプ）全長３・５８m　全幅１・２７m　定員３名
　推進装置　３００馬力ジェットポンプ（およそ２００ＭＰで１時間の運用が可能）
　魔力チャージ４２０ＭＰ
　最高速度　時速１２２km
　シールド機能搭載（オン・オフ可）

討伐ポイントというのがついている！　つまり魔族や魔物を倒しても成長ポイントが加算されるんだな。走行距離との合計が１２８０になったからレベルが上がったってことか。

しかも今回のレベルアップではすごい船が使えるようになった‼　最高時速１２０km以上ってなんなの⁉　ステータス画面の絵を見る限りは小型ボートみたいだけど、馬のように跨《またが》って乗るものらしい。次の船はてっきりレベル10になってからと思い込んでいたけど、5の倍数ごとに新型が手に入るわけじゃないようだ。僕にとっては嬉《うれ》しい誤算だ。

「レニー君、どうしたんだい？」

興奮しながらステータス画面を見つめる僕にシエラさんが声をかけてきた。

「またレベルが上がったんです。今度はさらに速い船を手に入れました」

「速い船って、この船よりもかい？」

この船だってかなりの高速艇だよね。でも新しい水上バイクは格が違うって感じだ。

「はい。今度の水上バイクというのは今までの倍以上のスピードが出るみたいです」

「倍以上⁉」

シエラさんもミーナさんも絶句していた。

「レニー君、私もその水上バイクとやらを見てみたいのだが……」

「実は僕も見たくてたまらなかったんです。それでは一回岸に上がりましょうか」

召喚できる船はどれか一種類だけだ。どれもシャングリラ号であるから、モーターボートを召喚した状態では水上バイクは召喚ができない。近所の漁師さんが使っているらしい桟橋があったので、そこにボートを泊めさせてもらって、僕らは岸に移った。

「それじゃあいきますよ。召喚、水上バイク！」

現れたのはシルバーと燃えるような赤色をした乗り物だった。船長のジョブスキルのおかげで扱い方はもうわかっている。

「これが水上バイクか。三人乗りかな？」

シートの形状を見たシエラさんが聞いてきた。

「はい。さすがに三人で乗ればトップスピードは落ちますけど、それでもかなりの速度は出せます」

「では、私も乗せてもらえるだろうか？」

おずおずとシエラさんが聞いてくる。

「私も乗ってみたいな」

ミーナさんは無邪気だ。

「それじゃあ三人で試乗してみましょう」

僕らは初めての水上バイクに乗り込んだ。

魔物との戦闘で魔力はまだ回復しきってはいなかったので、タンクには魔石をセットした。魔導エンジンを動かすと正面のパネルが起動し、各種の情報が表示される。魔力チャージ量は４１９ＭＰでほぼ満タンだ。

魔力消費は多くなってしまうけど、シールドはオンにしておく方がいいだろう。これは敵の攻撃などから身を守るようなものじゃなくて、風や水しぶきを防ぐための魔法シールドだ。夏の暑い時期なら、シールドを切って風を感じるのも気持ちがいいのだろうけど、春まだ浅い季節では自殺行為になってしまう。びしょ濡《ぬ》れでハイネルケに行くのは無理というものだ。

「しっかり掴《つか》まっていてくださいね」

「心得た」

「はーい」

僕のすぐ後ろにいたシエラさんがぐっと体を押しつけてくる。シエラさんって着痩《きや》せするタイプなんですね……。

「……それでは出発します」

水上バイクは後部から細い水柱を上げて発進した。これまでの船は魔導エンジンがスクリューを回転させて推進力を得てきたけど、この機体は船体下にある吸入口から取り入れた水流をジェットポンプで加速させて、その動力で動く乗り物だ。ボートとはまったく違う操作感だけど、スムーズでパワフルな加速に僕の心も躍る。

「おおぉ、これは！」

「きゃあああああああ！」

シエラさんもミーナさんも、それぞれに驚嘆の声を上げた。特にシエラさんは興奮しているようで、僕の体をさらに強く掴んでくる。

「レニー君！　現在スピードは何㎞出ている？」

「ちょうど１００㎞前後です」

「では、三時間かからずにハイネルケまで行けるということか？」

「そうです。このままボートに乗り換えずに行ってしまいますか？」

「行ってしまおう！」

「きゃあ！　きゃあああ！」

荷物はモーターボートに乗せたまま送還してあるから問題ない。現地でボートを召喚して取り出せばいいだけだ。少々窮屈だけどこのままハイネルケへ向かう方が楽かもしれないな。

「それでは、時間短縮のためにこのままいきますよ！」

ハイネルケまでは残り約２４０㎞。僕の中で世界がますます広がっていくのを感じる。僕は巡航速度を維持しながら、新しい世界に身を投じる快感に酔いしれていた。

◆○◆○◆

途中で水上バイクに乗り換えた僕たちは、予定より三時間も早く王都ハイネルケへ到着した。効率だけを考えるのなら、ボートに荷物を積んで送還して、移動は水上バイクで行うのが一番いいだろう。ただし水上バイクは疲れる。大きな船の方がゆったりとできるのは間違いなかった。

ハイネルケはこれまでに見たこともない巨大な都市だった。街全体が城壁で囲まれているのはカサックと一緒だったけど、こちらの造形の方がずっとオシャレな感じがする。川も護岸工事がしっかりとなされていて、川幅も広げられているようだ。行き交う船も多くなり、僕らはゆっくりとバイクを進ませる。すれ違う船の上の人々は珍しそうに水上バイクと僕らを見ていた。

ゆるゆるとバイクを進ませると、やがて水門が見えてきた。すぐ脇《わき》には関所があり、街へ入るにはそこで通行証を見せなければならない。僕もあらかじめニーグリッド商会から通行証を貰《もら》っている。本当は自分で手続きをしなくてはならなかったんだけど、仕事が急に決まったから商会の方で用意してくれたそうだ。あれ？　そういえば通行証を発行してもらうにはお金がかかるはずなんだけど、ニーグリッド商会が払ってくれたのかな？　もしかしてルネルナさんが？

「ほう、特別優先通行証か」

僕が貰った通行証を見てシエラさんがそんなことを言っている。

「特別優先通行証？」

「そうだ。ハイネーン王国内と通商同盟国の港のほとんどを使用できる特別な手形だよ」

「そんなすごいものだったんだ……」

「先行投資のつもりなのだろう。ルネルナはかなり君に入れ込んでいるからね。私もだが……」

この通行証は僕が普通に申請しても認められるものではないのだろう。費用だって高額なはずだ。

それなのにルネルナさんは……。

「やっぱり僕の船は皆さんにとって魅力的なものなのですか？」

「それはあるな。だけど、その……」

シエラさんは口ごもってしまう。

「たぶん、ルネルナは君がかわいいのだ。真《ま》っ直《す》ぐに、遥《はる》か遠い世界を見ている君を放っておけないのだろう。私もだが……」

「かわいいって、僕が？」

「あ～わかります。レニー君って弟にしたいっていうか、甘やかしたくなっちゃうというか、そんな魅力があるんですよね。そのくせ、いざというときに頼りになって……」

ミーナさんまでそんなことを口走る。これじゃあ、だらしのないところを見せられなくなっちゃうじゃないか。プレッシャーがかかるなあ……。

ルネルナさんにはいずれきちんとお礼を言わなければいけないな。それに彼女のお願いは優先的に聞いてあげないと……。あっ、先行投資ってこういうこと？　でも、受けた恩にはきちんと報いるのが仁義だってじいちゃんが言っていた。仁義とは人が守るべき義理とか道徳のことなんだって。

巡視の船に通行証を見せると、面倒な審査をすっとばしてすぐに市内への入場が認められた。やっぱり仁義は大切だね。

王都ハイネルケは僕とミーナさんにとって驚くばかりの大都会だった。建物は高いし、道路は全部石畳だし、ひっきりなしに馬車が通っているし、店はいっぱいだし、物はいっぱいだし、人はいっぱいだし、もうわけがわからなくなるくらいだ。パル村育ちの僕にとってはミラルダだってかなりの都会だったんだけど、ここは桁《けた》が違っている。

「まずは今夜泊まる場所を探さないといけませんね」

暗くなる前に宿を確保しておかなくてはならないだろうと考えた。

「それなら心配ない。今夜は二人とも私のところで寝ればいい」

シエラさんのせっかくの申し出だけど、突然押しかけて大丈夫なのだろうか？

「遠慮などしなくていいのだ。騎士には広い宿舎が与えられているから、客の一人や二人くらい迎え入れるのはわけないことだ」

「そっか、シエラさんはハイネルケに家があるのですね」

「そうなのだ。もっとも今の私は連絡将校で旅が多い。宿舎にはほとんど帰っていないのだけどな」

部屋はたくさんあるそうなので、僕たちは遠慮なくシエラさんに甘えることにした。


シエラさんの部屋は大きなお城の中にあった。ここはシエラさんが所属するルマンド騎士団が一括で借り上げている城なのだそうだ。

「すごい。僕、お城に入るなんて初めてです」

「ここは大鷲《おおわし》城と呼ばれていて、四代前のイリアス二世陛下が使っていた城なのだよ」

正面城門上に大鷲の像が彫ってあるからそう呼ばれているんだって。王様というのは自分だけの新しいお城が欲しいらしく、古くなった城は臣下に売り飛ばしたり、国の施設として利用したりするそうだ。ここも以前は立派な前庭があったらしいけど、今は騎士たちが戦闘の訓練をする練兵場になっている。

「部屋に行く前にいいものを見せてあげよう」

そう言ってシエラさんが連れてきてくれたのはお城の尖塔《せんとう》だった。高さは20mもある場所だ。

「屋根が波みたいだ……」

広大な土地に家々がひしめき合い、オレンジの屋根瓦《やねがわら》が凹凸を伴って海のように広がっていた。これが僕の知らない世界の一端……。未知の光景がベールを少しだけ持ち上げてくれている。いったいどれくらいの人がこの都に住んでいるのだろう。尖塔や鐘楼の数も半端ではない。

「人口約二五万人。これがハイネーン王国最大の都市だよ」

衝撃の景色《けしき》に動けなくなっていた僕にシエラさんが教えてくれた。初めて街に入ったときも驚いたけど、こうして高い場所から一塊の景色としてハイネーンを見渡すのも壮観だった。やっぱりそうだ！　世界は驚きに満ちていて、人の営みはとんでもないものを作り出しているんだ！

塔からの景色を堪能した僕らは、続いてシエラさんの部屋へ行くことにした。

「シエラ、帰っていたの？」

シエラさんの同僚らしい女性騎士が通路で声をかけてきた。

「うむ。またすぐに戻らなければならないがな」

「あれ〜〜〜？」

女性騎士は珍しい生物でも見つけたかのように、まじまじと僕の顔を見てくる。

「新しい従者かしら？　すっごくかわいい子じゃない。私にも貸してよ！」

「こらっ、レニー君は従者ではない。彼は一人前の船乗りであり、私の客だ。失礼は許さんぞ」

「あら……」

「もっとも、彼を騎士団に勧誘したいという気持ちはあるがな……」

「ふ〜ん、シエラがそんなことを言うなんて珍しいわねぇ……。シエラってもしかしてショタコン？」

「バッ、バカモノ‼」

「あはは、冗談よぉ、そんなに怒ると男が遠のくわよ！」

同僚騎士さんは笑いながら行ってしまった。生真面目《きまじめ》なシエラさんはぷんぷんと怒っている。

「なんだか変わった人でしたね。僕を自分の従者にしたかったのかな？」

「あれは悪い人間ではないのだが、言うことがいちいち不埒《ふらち》なのだ。気にしてはいかんぞ」

従者というのも大切な仕事だと思うけど、僕は船長だから従者にはなれない。シエラさんの言う通り気にしないでおこう。ただ、ショタコンってなんだろう？　それだけは気になったけど、シエラさんにそれを訊《き》くのはいけないことのような気がした。後でこっそりミーナさんに訊いてみようかな……。

分厚いクルミ材の扉を開けるとそこは居間になっていた。重厚で豪華な家具調度が品よく並べられているけど、物は少なく簡素な感じがする。それがかえってシエラさんの部屋っぽくて面白かった。奥に寝室とゲストルーム、脇には従者室もあるそうだ。

「気に入ってくれたかい？　レニー君さえよければ王都にいるときはいつでもここを使ってくれ。私なら大歓迎だからな」

「ありがとうございます。シエラさんもミーナさんも本当に僕に親切にしてくれて……」

シエラさんやミーナさんの親切に涙が出そうになった。

「私の部屋なんかここに比べたら……」

「そんなことないです！　ミーナさんの家だって温かみがあって僕は好きですよ。いつも美味《おい》しいお料理を食べさせてくれるし」

天涯孤独になってしまったけど、僕は本当に幸運な人間だと思う。シエラさん、ミーナさん、ルネルナさん、みんなが僕を認めてくれて、親切にしてくれる。

「お二人には感謝してもしきれません。僕にできることがあったら何でもしますからね。遠慮なく言ってください」

天国にいるじいちゃん、僕は優しい人たちに支えられて元気に生きているよ。じいちゃんの教えを守って、これからもこのお姉さんたちの恩に報いていくつもりさ。だから心配しないでそっちでゆっくりお酒でも飲んでいてください。


大鷲城で少し休憩させてもらってから、僕は一人でニーグリッド商会へと向かった。シエラさんは騎士団本部へ行き、ミーナさんは市場で王都の食材を研究するそうだ。道順を書いてもらったメモを頼りに王都の雑踏を抜けていくと、大きな建物ばかりが並ぶ一画に出た。

ここはランドヒルという名の金融街だ。世界でも指折りの企業や銀行が軒を連ねていたけど、そんな中にあってさえニーグリッド商会の建物はひと際立派だった。玄関には重装備の警備員さんが直立不動で通りを睨《にら》んでいる。

「こんにちは」

挨拶《あいさつ》しても、警備員さんはチラッとこっちを見るだけで返事もしない。

「中に入ってもいいですか?」

重ねて尋ねると小さく首を縦に振って同意を表してくれた。ひょっとしたら喋《しゃべ》るのを禁止されているのかな？　怖そうな人だったし、それ以上の会話は諦《あきら》めて建物へ入った。

重厚な玄関を開けると、そこは広いエントランスホールになっていて、長さが25ｍはありそうなカウンターに事務員がいっぱい座っていた。僕は適当なカウンターに近づき、書き物をしている人に声をかけてみる。髪をオールバックにして眼鏡《めがね》をかけたおじさんだった。

「ミラルダ支部からルネルナ・ニーグリッドさんの荷物を預かってきました」

事務員さんはびっくりしたような顔で手を止めて、僕の方を真っ直ぐに見つめてきた。

「ルネルナ様から？　坊やがかい？」

「はい。自分はシャングリラ号という船の船長をしているレニー・カガミと申します」

「子どもみたいな顔をしているから、商会の見習いと勘違いしてしまったよ。ふーん、船乗りかい……」

たしかに子どもだけど、このおじさんの物言いはちょっとだけ失礼な感じだ。船乗りを見下している？　それとも僕が船長ということを信じていないのかな？　僕は頼まれていた荷物と添え書きをおじさんに渡した。

「ん？　お嬢様からの至急便じゃないか。わかった、これはこちらで預かろう」

「では、受け取りと残金をお願いします」

「残金？　ああ、届け先払いなのか。ちょっと待っていてくれ。上司に荷物を渡してくるから」

おじさんは面倒そうに立ち上がって奥の方へと行ってしまい、僕は一人でその場に残されてしまった。

しばらくカウンターの前で待っていたけど、おじさんはなかなか帰ってこない。みんな忙しそうに仕事をしているから声をかけるのも躊躇《ためら》われる。仕方がないので高い天井や大理石の柱などを眺めて時間を潰《つぶ》した。そしてたっぷり一五分以上してからおじさんは帰ってきたんだけど、さっきとは別人みたいに態度が変わり果てていた。

「大変お待たせいたしました、カガミ様！　こちらが報酬と受取証になります。どうぞお納めください」

おじさんは両手でお金と受取証の入ったトレーを捧《ささ》げ持《も》っていた。この人、雷にでも打たれたの？　その割に黒焦げになっていないけど……。

「ご丁寧にありがとうございます」

なんとなく僕も両手で受け取って頭を下げておいた。

帰りはおじさんが玄関まで見送りに出てきてくれたんだけど、驚いたことに仏頂面の警備員さんまで手を振ってひきつった笑顔を見せてくれている。ニーグリッド商会……実はアットホームない い会社？

◆○◆○◆

雑踏に消えるレニーを見送った事務員はそっと後ろを振り返った。

「カガミ様は商店街を見物してから大鷲城へお戻りになるそうです」

対するのは身なりのいい中年紳士だ。小柄な体つきながら、たくわえた髭《ひげ》は威風を、きらめく瞳《ひとみ》には隙のない機知を感じさせる人物だった。

「そうか。すでに尾行はつけたから見失うことはないだろう。私も出かけてこよう」

「会頭がですか？」

「あのルネルナが絶対に手に入れたい人材だと言ってきたのだぞ。私もこの目で素の少年を見てみたいのだ」

「さようでございますか……」

「馬車の用意をしてくれ」

この紳士こそルネルナの父であり、ハイネーン屈指の豪商、アレン・ニーグリッドであった。

◆○◆○◆

ニーグリッド商会を後にした僕は商店街を見物することにした。街には購買欲をくすぐるオシャレな品物が溢《あふ》れている。後金の２０００ジェニーを貰ったばかりで懐は潤っているから、たまには贅沢《ぜいたく》をしてしまおうか？　そんなはずんだ気持ちで通りに出た。

さすがは王都ハイネルケ。通りは長く、商店の密度も高い。全部見て回るためには三日あったって足りないだろう。改めて人と物の多さにびっくりしたけど、僕は船長。すいすいと波をかき分けるように通りを抜けて、はずむ気分でメインストリートを楽しんだ。

そうしているうちに雑貨店の棚の上に、ステキなバケツが置いてあるのを僕は見つけた。ブリキ製のバケツで、色鮮やかな赤や青、黄色にペイントされている。横には柄《え》の長いデッキブラシも置いてあって、船の掃除をするのにちょうどよさそうだった。

値段はバケツが60ジェニー、デッキブラシは30ジェニーだ。衝動的に店に入って購入してしまった。船の大きさから言って交易をするのはまだ先だけど、高速連絡艇として人を乗せることはあるかもしれない。だったら船の掃除は大事だろう？　川辺に行ってさっそく掃除をしておくとしようかな。お客さんはいつ現れるかわからない。


モーターボートを呼び出して、新しい掃除用具でデッキを擦った。召喚したばかりの船だから全然汚れてはいないんだけど、こういうことは気持ちが大切だと思う。水を汲《く》んでシート回りも綺麗《きれい》に磨き上げる。船体が太陽の光を反射して眩《まぶ》しく輝いていた。

「美しい船だね」

突然声をかけられて驚いた。見ると桟橋に立派な服を着た中年紳士が立っていて、シャングリラ号を眩しそうに見ていた。船を褒められて僕も嬉《うれ》しい。

「ありがとうございます。シャングリラ号って名前なんですよ」

「ははは、名前も変わっているなぁ。ずいぶんと速そうな船のようだけど、どうなんだい？」

「よくわかりましたね！　おじさんは船乗りには見えないけど……もしかして設計技師とか？」

「あははは、ただの商人だよ。若い頃《ころ》は技師になりたいと思ったこともあったけどね」

よく笑う人なので、つられて僕も笑顔になってしまう。

「川下に行くのだったら時速40㎞くらいは出るんですよ」

「それは速い！　ルギアまでなら三時間くらいで行けるってことだね」

ここから港町ルギアまでは１１０㎞くらいだ。

「はい。もっとも、ご覧の通り荷物はあまり積めませんけどね。こちらに乗ってみますか？」

「いいのかい？」

僕の船を美しいと言ってくれた人だから、乗せてあげるくらいお安い御用だ。

「ほう、帆もないのにどうやって動かすんだい？」

「この、魔導エンジンを使うんです」

「魔導エンジン？」

「魔力でスクリューを回して推進力を得る機械ですよ」

僕は船外機の説明をしてあげた。

「いや、これはなんとも驚きの船だ。あの娘が連絡をしてくるのも納得だな」

「あの娘？」

「うん。娘のルネルナがぜひとも君に会っておけと手紙で言ってよこしてきたんだ」

「ええっ⁉　じゃあ、貴方はあのニーグリッドさん？」

「そうだよ。びっくりさせてしまったかな？」

「はい。でもなんで？　さっき商会の建物まで行ってきたばかりなのに」

「それはね、普段の君の姿を見ておきたかったというのと……」

他にも理由があるのかな？

「人をびっくりさせるのが私の趣味だからさ！」

そう言ってニーグリッドさんは朗らかに笑った。大商人は人を驚かせて喜ぶ趣味があるようだ。

でも全然嫌みなところはないので、僕も笑いだしてしまった。

「本当にびっくりしましたよ。まさか天下のニーグリッド氏がこんなところに来るなんて思いませんもん」

「ははは、大成功といったところかな？」

よ～し、こうなったら僕も対抗してニーグリッドさんを驚かせちゃおうかな。

「ニーグリッドさん、実は僕にもすごい秘密があるんです」

「ほう、それは何だね？」

ニーグリッドさんは興味を持ったようで目をキラキラさせている。

「じゃあお見せするんで、一旦《いったん》船を下りていただけますか？」

「構わんが……」

栈橋に立って僕はボートを送還する。

「ああ、船を送還と召喚する技だね。それならルネルナが手紙に書いてきたよ。港湾使用料の節約になると――」

「そうじゃなくてですね、見てもらいたいのはこれなんです。召喚、水上バイク！」

現れたのは赤と銀の船体だ。

「これは……船？」

水上バイクはルネルナさんも知らないから、手紙にも書いていないはずだ。

「僕が持っている最速の船です。これの最高時速はなんと１２２㎞なんですよ！」

「ひゃ……」

ニーグリッドさんは声も出ない。

「そうです。ルギアだったら一時間くらいで到着することができるんです」

「な、なんてことだ！」

大成功。ニーグリッドさんは相当びっくりしているようだ。

「驚きましたか？」

「あ……ああ。レニー君、よかったら家《うち》に養子に……」

「はっ？」

「じゃなかった。よかったらそれに私を乗せてくれないかな？」

「構いませんよ」

ルネルナさんのお父さんなら大切にしなきゃだめだよね。これからは取引でもいろいろとお世話になるかもしれない大事な商売相手だ。

ニーグリッドさんをバイクに乗せてあげると、建物の陰などからわらわらと人が溢れだしてきた。

随分と強そうな人たちばかりだけど、ボディーガードかな？

「会頭、どちらに行かれるのですか？」

「すこ〜し船遊びだ。レニー君、出してくれ」

みんな焦った顔をしているけどいいのだろうか？

「安全運転を心がけるので大丈夫ですよ。いってきます！」

微速前進で桟橋を離れた。


船着き場から郊外まで出て、水上バイクのスピードを上げてやると、ニーグリッドさんは大興奮だった。

「すごい！　すごいぞ！　レニー君！　はーはっはっはっ！」

ボディーガードたちをあまり心配させるのもよくないよね。トップスピードを一分くらいだけ体験してもらって、あとはスピードを落として桟橋へと戻った。

バイクを下りたニーグリッドさんは僕の肩を抱いて笑っている。

「いやぁ、最高の気分だったよ。日頃《ひごろ》のうっ憤をひとときでも忘れさせてもらうことができた」

僕が言うのもなんだけど、ニーグリッドさんは悪ふざけをした子どもみたいだ。でも、こういう大人は嫌いじゃない。

「機会があったらいつでも言ってください。また乗せてあげますからね」

「ありがとう。さっそくで悪いのだが、一つ仕事を頼まれてくれないかな？」

試乗会が収入につながりそうだぞ。

「なんでしょうか？」

「実は明日の夜に特別な晩餐会《ばんさん》を催すことになっているんだが、そのための食材をルギアで探してきてもらえないだろうか？」

「食材ですか」

「うん、キャヴィータだ」

キャヴィータはエルクサメという魚の卵で、高級食材として珍重されている。春に産卵するエルクサメを捕まえて魚卵を取り出し、塩漬けにしたものが出回るのだ。

「初物をパーティーで出す予定だったのだが、今年は産卵の時期が遅れてね。ハイネルケでは入手がほとんど困難なのだよ」

「港町ルギアなら手に入ると？」

「そうだ。東のノワール海では水揚げが開始されたようだから、ひょっとすると手に入るかもしれない。君の力でなんとかしてもらうことはできないだろうか？」

アドレイア海に面したルギア港はセミッタ川の出口だ。僕はずっと海を見たいと思っていたからいい機会といえる。

「わかりました。確約はできませんけどキャヴィータを探してきます」

「よろしく頼む。上手《うま》くいったら出席者はみんなびっくりするに違いない。プランツ侯爵夫人なんてさぞ大げさに『まあ！　まあ！』なんて驚いてみせるんだ」

ニーグリッドさんは腰をくねらせながら侯爵夫人の物まねをしている。本当に人を驚かせるのが好きなんだな。

「燃料の魔石代としてこれを取っておいてくれ。仕入れたキャヴィータは君の言い値で引き取ろう」

ニーグリッドさんは銀貨を二枚僕にくれた。

「ただし、明日の夕方までに運んでくれよ。晩餐会が終わってからでは、ただのキャヴィータになってしまうからな」

「わかりました。今日のうちに行ってきます！」

あと四時間ほどで日が暮れてしまうけど、水上バイクなら一時間でルギアに着くから大丈夫だろう。今日明日を使ってキャヴィータ探しだ。


ニーグリッドさんと別れて大鷲城《おおわし》に戻ってくると、シエラさんもミーナさんも居間でくつろいでいた。二人でお茶を飲みながら談笑していて、だいぶ打ち解けた様子だ。

「お帰りレニー君、仕事は終わったかい？」

「残金も受け取って、受取証も書いてもらいました。それどころか新しいお仕事も貰《もら》ってきました」

「ほう、今度はなんだい？」

「明日の夕方までにキャヴィータを探してくるという依頼でして――」

僕は会頭のニーグリッドさんに出会ったこと、頼まれた仕事の内容などを詳しく二人に話して聞かせた。

「ふえぇぇ！　あのニーグリッド商会の会頭に声をかけられるだなんてすごいわ……」

ミーナさんもかなり驚いたようだ。

「よく笑う面白い人でしたよ。グルメっぽい人だったからミーナさんとも話が合うかもしれませんね」

「それはどうかな……ハハ……」

「というわけで、僕はこれからルギアに行ってきます」

「今からかい？」

「はい。今年のキャヴィータはあんまり出回っていないそうなんです。ひょっとしたら見つけるのに時間がかかるかもしれませんから」

「だったら護衛として私も行こう」

「シエラさんが？　でも、騎士団のお仕事は？」

「君を守るのも大事な騎士の仕事だ」

そうなの？　僕を守るのは騎士の仕事じゃないと思うんだけどな。

「実は騎士団長に君のことを話したら、正式に君の護衛を命じられたのだ」

「なんでですか⁉」

騎士団なんて縁もゆかりもないんだけど。

「それだけ君が重要人物ということさ。レニー君の船はルマンド騎士団にとってもきっと役に立つものだと団長はお考えのようだ。魔物や水賊の犠牲になっては取り返しがつかない」

ニーグリッド商会だけでなく、騎士団も僕の船の力を認めてくれたということ？

「ルギアに行くのだったら私も連れていってほしいな」

「ミーナさんも？」

「うん。ぜひ海の食材を見てみたいの」

探すのはキャヴィータだから、食材店をいっぱい見て回ることになるだろう。ミーナさんにとってはまたとないチャンスかもしれない。

「わかりました。それでは一緒に行きましょう」

僕らはまた三人で出かけることになった。


栈橋までやってきて水上バイクを召喚しようとしたとき、僕はいいことを思いついた。わざわざ護衛をしてくれるシエラさんを喜ばせたいと思ったんだ。

「ちょっと待っていてください。今いいものを召喚しますから」

「いいもの？」

シエラさんは小首を傾《かし》げて生真面目《きまじめ》な瞳《ひとみ》で僕を見つめる。僕が何をしようとしているか想像がつかないみたいだ。召喚の前にステータス画面を開いて、ちょっとだけ内容をいじる。大したことではないんだけど、たぶん喜んでくれると思う。あれをこうして、ああやって……できた！

「召喚、水上バイク！」

現れた水上バイクを見た瞬間にシエラさんの頬《ほお》がパァァッと薔薇色《ばらいろ》に染まる。

「おお……これは……」

予想通り喜んでくれたらしい。オプションで手に入れたサーチライトと機銃は換装が可能なのだ。だからステータスボードでモーターボートから外して水上バイクに付け替えてみた。機銃は後部プラットフォームに架台を設置し、サーチライトもハンドルの手前あたりに置いている。まあ、それだけなんだけどね。

「水上バイク・シエラカスタムですよ。気に入っていただけるといいんですが」

シエラさんは機銃がお気に入りだからいいと思ったんだけど……。

「レニー君……最高！」

身悶《みもだ》え気味のシエラさんにミーナさんは若干引き気味だ。だけど僕はこの反応にも慣れてきた。むしろ普段が凛々《りり》しいシエラさんだからかわいく見えてきてもいる。

「それではルギアへ向かいましょう」

僕らは意気揚々とバイクに乗り込んだ。


出発時の総走行距離は１２６３㎞で討伐ポイントは２５４だった。レベルアップには遠いけど、ルギアへの往復で約２２０㎞が加算される予定だ。確実に堅実に成長は進んでいる。

ハイネルケを出発してしばらく経《た》ったけど、シエラさんは右上空を向いたり左上空を見たりと落ち着きがない。ゴソゴソと動く度に後ろに座っているシエラさんの胸がくっついたり離れたりするので、僕も困ってしまうのだ。

「あ、あの……どうしたんですか？」

「敵がいないか監視しているんだよ」

王都ハイネルケからルギアの間は巡視船や兵団も多く、ハイネーン王国の中でもかなり安全な地域だ。

「こんなところで魔物ですか？」

「油断をしてはいけないよ。一般人はあまり知らないのだが、魔族は高高度から人間の街を偵察していることはわかっているのだ」

「そうだったんですね……」

「だから私も視力を魔力強化して監視中というわけさ。見つけたら後ろの機銃で……」

僕に掴《つか》まるシエラさんの腕にギュッと力が入った。そして、クイクイと体を押し付けてくる。機銃を使う妄想でシエラさんがおかしくなっている⁉

「ハア……ハア……」

「シエラさん！　苦しいです」

「あっ！　す、すまん……。ちょっと戦闘のシミュレーションをしていた……」

シミュレーション？　妄想？　物は言いようだと思う……。そんな感想を抱いていると、シエラさんが突然大声を上げた。

「いたっ！　本当にいたっ‼」

僕には見えていないけど、どうやら敵を見つけたようだった。

バイクが止まるのも待たずにシエラさんは立ち上がり、最後尾にいたミーナさんを押しのけた。

「きゃあっ！」

バランスを崩すミーナさんを支えながらシエラさんの視線の先を僕も見つめる。空の彼方を飛んでいるのは……ドラゴン？

「ワイバーンだ！」

ワイバーンといえば各地で被害が報告されている凶悪な魔物だ。定住場所を持たず、空を移動しながら暮らして、人間や家畜を捕食する。巣を持たないので騎士団も手を出しあぐねている厄介な相手だった。

「レニー君、バイクを川上に向けてくれ。これでは照準がつけられない！」

「了解です！」

ワイバーンにお尻《しり》を向ける形でバイクを停止させると、シエラさんは機銃を構えた。機銃の有効射程は2000mだけど、本当に大丈夫だろうか？　川に沿って飛行しているワイバーンはどんどんこちらに近づきつつある。だけどかなり高い位置を飛んでいるようで、致命傷を与えられるかは判断できない。シエラさんは仕留められると確信しているようで、不敵な笑みを漏らしていた。そして——。

無数の光の矢がワイバーンに向かって放たれる。僕には豆粒ほどにしか見えないワイバーンだけど、魔法で強化したシエラさんは奴《やつ》の体を拡大して確認できているようだ。その射撃に迷いはなかった。

「キシャ――ッ‼」

耳をつんざく叫びを上げ、ワイバーンは空中でのたうち回りながら高度を落としている。

「レニー君、バイクを近づけてくれ」

地上に降りようとしているワイバーンを目で追いながら、高速でバイクを走らせた。奴は何とか翼を動かして広い河川敷に不時着する。その場所を見届けて船首をワイバーンのいる右岸とは逆の左岸に向けた。つまり機銃はワイバーンを真正面に捉《とら》えている。

「ありがとう、レニー君」

発光する魔弾丸のすべてがワイバーンの頭部に吸い込まれ、巨大な頭が吹き飛んで決着はついた。

（レベルが上がりました）

（レベルが上がりました）

二連続⁉　ワイバーンの討伐ポイントはかなり多かったようだ。でも、倒したのは僕じゃなくてシエラさんなんだけどな。どうやら船の設備で倒せば、僕が手を下していなくても討伐ポイントはつくようだ。そういえば二体目のガルグアを倒したときだって、魔力を消費して発射ボタンを押したのはミーナさんだったもんな。

名前　レニー・カガミ
年齢　13歳
ＭＰ　２１４０
職業　船長（Lv.11）
所有スキル「気象予測」
走行距離　１３２５㎞　討伐ポイント　４４６６　トータルポイント　５７９１
新船舶　■クルーザー　全長１９・２８ｍ　全幅５・１６ｍ
　８００馬力エンジン×２基搭載（およそ２００ＭＰで１時間の運用が可能）
　魔力チャージ１万８０００ＭＰ
船長の固有スキル「ダガピア」を会得。ダガピアはアドレイア海における船乗りの間で発展してきたナイフ術であり、接近戦では無敵の強さを発揮する武術であると言われている。

いろいろとすごいことになっている……。まずダガピアだけど、レベルが上がった瞬間に動きの意味やコツなどが理解できた。本当に「会得」という言葉がふさわしい感じだ。これからは訓練を重ねて体力を作り、反復を続けて反射速度を磨けば僕はもっと強くなれると思う。

だけど、それ以上に驚いたのはこのクルーザーというやつだ！　この船はなんなの!?　ステータス画面で確認しているんだけど、とんでもなく豪華なんですけど……。パッと見は三階建ての小型豪華客船って感じ。一番上はフライブリッジといって、屋根の上に取り付けられた操船スペースだ。開閉式の屋根がついているけど壁はない。風を感じながら高いところで操船するための場所になっている。

船長室には大きなベッドやクローゼット、ソファーや化粧台、トイレやお風呂《ふろ》までついていて、調度の一つ一つがやたらに豪華だった。船長室だけじゃない。二つあるゲストルームだって負けないくらいに綺麗《きれい》だぞ。

どちらにもトイレとシャワーがついているところがすごい。シャワーなんて見るのも初めてなんだけどね。他にも豪華なリビングや調理場《ギャレー》、デッキや照明も完備している。まるで動く豪邸だよ！

「レニー君、ワイバーンだよ。さっそく運ぶための準備をしよう」

あまりの衝撃でぼんやりしている僕に、シエラさんがはずむ声で話しかけてきた。ワイバーンを運ぶ？　なんのこと？

「ほら、しっかりするんだ。これをルギアで売れば60万ジェニーは下らないんだからな！」

へぇ～……そんなにするんだ～…………えっ!?

「60万ジェニーもっ!?」

「そうさ。レニー君は船を使ってこいつを岸まで運ぶのを手伝ってくれ」

ワイバーンというのは利用価値の高い魔物で、皮、肉、骨、血液などがすべて高値で取引されるそうだ。特に尻尾《しっぽ》にある毒は難病の薬の材料になるらしく、かなり高額で売れるという話だった。

船を係留するためのロープをワイバーンに巻き付けて、言われた通りに岸まで引っ張った。ワイバーンの全長は10m以上あるから、引っ張るのも一苦労だ。シエラさんが得意の氷冷魔法でワイバーンを凍らせなかったら岸まで運ぶのは無理だったかもしれない。

四角い氷に閉じ込められたワイバーンを岸まで運び、そのまま川に浮かべた。

「沈まないように空気も閉じ込めて氷を作ったから、このままルギアへ運んでしまおう」

ルギアまでは残り48㎞だけど、牽引《けんいん》しながらだとスピードは出せないだろう。

「二時間はかかってしまうと思いますが大丈夫ですか?」

「魔法で再冷凍しながら行けば何とかなるさ。60万ジェニーを捨てていくのは忍びないだろう?」

それはそうだ。それだけあったら三年は遊んで暮らしていける金額だもん。本当はクルーザーを見てみたかったんだけど、今はワイバーンを運ぶことに専念しなくてはダメだな。僕はモーターボートでワイバーンを引っ張りながらセミッタ川を、一路ルギアへと急いだ。

第四章　クルーザー

三界航路の覇者によってセミッタ川の安全が確保されると、富裕層の間では舟遊びの一大ブームが巻き起こった。この頃《ころ》にもっぱら流行《はや》っていたのはクルーザー様式と呼ばれる船で、言うまでもなくレニー・カガミのクルーザーを真似た船だった。もちろん召喚魔法で呼び出されたシャングリラ号と性能を競えるような船ではなかったが、王侯貴族までもがその優美な外観に憧《あこが》れ、見た目だけでも模倣したいと、いじましい努力をしていたのだ。

（『船から見るセミッタ川の歴史』より）

プカプカと浮かぶ氷漬けのワイバーンを見たルギアの人々は騒然となった。常に移動を繰り返し空を飛ぶワイバーンは、滅多に討伐されることがない。

「おい、そいつは売り物かい⁉」

「値段交渉をさせてくれ！」

「うちなら高値を付けますよ！」

河口近くの桟橋に船を停泊させる前から商人たちが何人も声をかけてくる。だけど僕たちは事前に話し合って、このワイバーンはニーグリッド商会に売ると決めていた。一つには特別優先通行証をくれたルネルナさんの恩に報いるため。もう一つは、今回の旅ではニーグリッドさん自身から魔石代を先に貰《もら》っていたからだ。

集まった商人たちの中にはニーグリッド商会の人もいて、事情を話すとすぐに売買契約書を作ってくれることになった。そのうえ、ニーグリッドさんの依頼でキャヴィータを探しに来ていることを話したら、全面的に協力してくれるとまで言ってくれた。

「会頭から直接依頼を受けるほどの方というのはさすがですね。まさか自分がワイバーンの買い取りをするとは思ってもみませんでしたよ」

ワイバーンの買い取り額は解体をして状態を精査してから決まるそうだ。機銃でいっぱい穴を開けてしまったから金額は下がりそうだけど、商会の人は62万ジェニーは下らないと請け合ってくれた。

引き上げに立ち会ったり、書類にサインをしたりしているうちにすっかり辺りは暗くなってしまった。本当は今日中に海を見てみたかったのだけど、お楽しみは明日の朝に延期だ。

人々で賑《にぎ》わっていた港も夜のとばりが下りた今はひっそりとしている。船大工、鍛冶屋《かじや》、ロープ職人、帆布職人、魚の塩漬けを作る工場、代書屋などなど、港には様々な建物が並んでいるのだけど、職人たちはもうみんな帰ってしまったようで真っ暗だ。

「困ったな。私もルギアはあまり詳しくない。今から宿を探すのは大変そうだが……あそこに泊まるわけにもいかんしなぁ……」

シエラさんが僕を見ながら心配そうに呟《つぶや》いた。遠くの方で灯《あか》りと歓声が漏れる建物が数軒あるけど、あれはきっと酒場だろう。宿屋も併設されていそうだけど、風紀がよろしくない場所だから僕は近づいてはいけないとのことだった。

「宿泊場所については考えがあります。実はクルーザーという船を召喚できるようになりまして」

「クルーザー？」

「大型のヨットみたいなものと考えてください。ちょっと違うか。まあ、見てもらった方が早いかな？　僕もまだ実物は見ていないんで、早く召喚したくてうずうずしていたんです。船室がいくつもある広い船なので、三人で泊まっても窮屈ではないと思いますよ」

シエラさんもミーナさんも、そういうことなら船に泊まろうと賛同してくれたので、歩いて桟橋へ戻った。ここならクルーザーを出しても問題ない。

「それじゃあいきますね、召喚、クルーザー！」

「…………」

いつもより大きな三重の魔法陣から現れた船を見て、僕らは言葉を失っていた。それくらいすごい船だったのだ。クルーザーは優美な曲線を持つ大型ヨットだった。

各所に魔導灯が配置されていて、暗い海の中に現れた女神のようにたたずんでいる。色はこれまでのローボートやモーターボートと同じ白ベースなんだけど、ずっとシックで豪華な塗装だった。

「とりあえず乗ってみましょう。さあどうぞ」

呆然《ぼうぜん》としている二人の手を引いて、一段低くなっている船体の後部から乗り込んだ。板張りのデッキスペースを抜けて船の中に入ると、そこはテーブルと椅子、ソファーなどを配置した広いリビングになっている。脇《わき》には調理場《ギャレー》もあって、無駄なく収納や設備が置かれていた。

「うわぁ、こんなところにキッチンが⁉」

調理場《ギャレー》を見て、料理人のミーナさんがはしゃぎだした。

「そっちの棚は上が冷蔵庫、下が冷凍庫になっているみたいです」

「冷蔵庫⁉　高級レストランや、富裕層の家にしかない魔道具じゃない！　すごい、そんなものが船にあるのね」

冷蔵庫の中はまだからっぽだけど、今後のためにいろいろと食材を用意しておいた方がいいかもしれないな。野菜や果物はもちろん、日持ちのする生ハムやベーコン、チーズなんかがあると便利だろう。

パンも凍らせておけば美味《おい》しいままに長持ちすると聞いたことがある。動かすためには魔力を消費するんだけど、便利な道具であることは間違いない。戸棚の中には食器類もあって、食材さえ揃《そろ》えばいつでも料理ができる状態だった。

「とりあえず全部見てしまいましょう」

ギャレーに固執するミーナさんを引っ張ってリビングや船長室などを見て回り、二つあるゲストルームも確認した。バスルームのタオルやベッドのシーツなど、リネン類も最初からすべて揃っている。

「すごいな……王侯貴族の船にも劣らない豪華さだ」

「シエラさんはこちらの部屋を使ってください。ミーナさんはこっちで」

「ええ!? 私は居間のソファーでじゅうぶんなんだけど……」

「そんな遠慮しないでください。お風呂も洗面台も自由に使ってもらって結構ですからね」

「かえって寝られないかもしれないよぉ……」

僕もこんな広いベッドは初めてだから落ち着かないかもしれないな。

ワイバーンの売買手続きをしている間に、ミーナさんが市場でフィッシュアンドチップスを買っておいてくれた。おかげで夕飯を探しに夜の街をさまよう事態は避けられている。この時間ともなると開いているのはさっき見えた酒場くらいのもので、そういうお店に僕は行ってはいけないそうだ。

「あのような不埒《ふらち》な場所にレニー君が行くなどとんでもないことだ! 絶対に許さんからな」

真面目《まじめ》なシエラさんが断固反対している。僕には早いお店というのはわかっているんだけど、ちょっとだけ見てみたかった気もするな。機会があったらそのうちに……。

見慣れた白身魚のフライとジャガイモの素揚げだったけど、ミーナさんの盛り付けと豪華な食器のおかげでいつもより豪勢なディナーに感じた。きらめく照明の効果もあるのかな?

「こんな素敵なギャレーがあるのなら、材料だけ買って私が作ればよかったわ」

ミーナさんはだいぶ残念そうだ。

「それはまた今度お願いします。僕も手伝うから一緒にやってみましょう」

手狭ではあるが、いろいろな設備が揃ったギャレーを使ってみたいという気持ちはよくわかる。

僕らは今後のことを話しながら和やかに夕飯を食べることができた。

「ワイバーンの査定額はいつ出ると言っていた？」

シエラさんが聞いてくる。

「早くても四日はかかるそうです。お金を貰ったらみんなで山分けですね。三等分しても一人20万ジェニー以上にはなるそうです！」

「えっ⁉　私はなんにもしてないから貰《もら》えないよ！　倒したのはレニー君とシエラさんじゃない」

「でも、船の上にいたのは三人です。一時的とはいえ僕らは同じ乗組員《クルー》じゃないですか」

「うむ、レニー君の言う通りだ」

シエラさんも同意してくれたけど、ミーナさんは首を縦に振ってはくれなかった。

「絶対ダメです。20万ジェニーなんてお金をハイハイと気軽に受け取れるわけがないでしょう」

「でも、ミーナさんはお金に困っていますよね。僕だけがお金持ちになるのはちょっと……」

「たとえそうであっても許されることではないわ」

意外と頑固なミーナさん。僕がしょんぼりしているとミーナさんはいい提案をしてくれた。

「だったら、レニー君が私を雇ってくれない？　私を船の料理人にしてくれるっていうのはどうかな？　もちろん他の仕事だって手伝うわ」

それはいいアイデアかもしれない。

「いいんですか？　ちょうど僕は人を乗せる連絡船を始めようかと思っていたんです。ミーナさんがいればお客さんにご飯も出せます！」

「うふふ、今日から私はシャングリラ号専属料理人ってわけね」

シャングリラ号専属料理人！　心が躍る響きだ。

「だったら私は甲板要員といったところか？」

「シエラさんが？　騎士様が甲板要員だなんてものすごく贅沢《ぜいたく》ですね」

「安心したまえ。どんな敵が来ても私と機銃《あいぼう》が蹴散《けち》らしてみせるから」

なんとも心強いお言葉をいただきました。

夕食を食べ終わると、今晩は早く寝てしまおうという話になった。考えてみればミラルダからハイネルケへ到着したその足で、さらにルギアまでやってきたのだ。

その間にはガルグアとワイバーンの討伐までしている。みんな疲れていないわけがなかった。ステータス画面の総走行距離は１３７０㎞に達している。パル村を出発してからわずか数日だけど、ずいぶんと遠くまで来たものだ。


魔力を消費すれば海水から真水を作る魔道具も搭載されていたけど、魔石を使うのがもったいないということで、シエラさんが魔法で水を作ってくれた。その水をタンクに入れてくれたおかげで船の中の給湯システムが使えるようになっている。

「これでお風呂《ふろ》が使えますね。僕、シャワーなんて初めてだから楽しみです」

「私だって見たことないよ」

「実を言えば私も初体験だ。どうやって使うものなのだい？」

船のマニュアルは頭の中に入っているので、僕はシャワーの使い方を二人に教えてあげることにした。靴を脱いで、ズボンの裾《すそ》と袖《そで》をまくり上げる。お湯がかかるといけないからね。

「それでは説明していきます……って、うわっ⁉」

決して広くないバスルームなのに、シエラさんにミーナさんまでもが僕の真似《まね》をして入ってきた。

「なんで、入ってくるんですか？」

バスルームの扉はガラスだから、外からだってよく見えるでしょうに。

「使い方を間違えたら困るだろう？　よく見ておきたいのだ」

「ちゃんと覚えないと怖いのよ。壊しちゃったら弁償できないもん！」

お姉さんたちにそう言われると反論できない。狭い場所で体を縮こまらせながら僕は説明を開始した。

「このコックをひねるとお湯が出てきます。水温は隣のレバーで調節してください」

火炎魔法で適温に温められたお湯が出てくるとマニュアルにはある。

「それじゃあ実際に出してみましょう」

水温を40度に設定して、シャワーヘッドを低い位置に持ち、コックをひねると……。

「うわぁ⁉」「きゃっ⁉」「なっ⁉」

シャワーヘッドじゃなくて壁の三方向から勢いよく温かいお湯が飛び出してきた。しまった、これは普通のシャワーじゃなくてマッサージモードの水流だ。慌ててお湯を止めたけど、僕もシエラさんもミーナさんも全員がびしょ濡《ぬ》れになってしまった。

二人ともお湯で服が透けている！　ピッタリと張り付くシャツが二人の大きな胸を浮き立たせて

いるじゃないか⁉　見ないようにここを出ていきたいんだけど、入り口が詰まっていて脱出もできない。僕は目をつぶって謝ることしかできなかった。

「ごめんなさい！　シャワーじゃなくてマッサージの水流になっていることに気付かなくて……」

「き、気にすることはない……」

「そうよ……大丈夫だから……」

シエラさんもミーナさんも優しかった。

「タオルのある場所はわかりますよね。洗面台のところに置いてあるので体を拭《ふ》いてください」

こんな失敗をするなんて泣きたくなってしまう。シエラさんたちが出ていった気配がしたので薄目を開けたんだけど、なんと二人はタオルを持って戻ってきた。

相変わらず濡れたままの姿で、狭いバスルームに体をねじ込むように並んで入ってくる。見てはいけない四つの膨らみが目に飛び込んできて、僕は慌ててまた目をつぶった。

「な、なんで？」

「さあ、タオルを取ってきたぞ。今拭いてやるからな！」

「風邪を引いたら大変だもんね」

シエラさんたちはそう言いながら僕の頭にタオルをかぶせて、優しく体を拭き始めた。

「あの……、お二人とも何をしているんですか？」

「君が『体を拭いてください』と言ったんじゃないか」

「そうよ」

「違います！　ご自分の体を拭いてくださいと言いたかったんです！」

「えっ？　そうだったの？」

「珍しく私に甘えているのかと……」

とんでもない勘違いをさせちゃった。

「僕のことなら大丈夫ですから、シエラさんもミーナさんも早く体を乾かしてください」

「そ、そうか」

「わ、わかったわ」

ようやく誤解が解けたようだ……って、どうしてここで拭いてるのさ⁉　腕を動かせばシエラさんたちに当たってしまうかもしれない。僕は身動きもできずに、しばらくはじっと目を閉じていなければならなかった。

◆〇◆〇◆

物音で目が覚めた。自分がどこにいるのか一瞬分からなかったけど、すぐにクルーザーの船長室にいたことを思い出す。時刻は夜明け前のようで、窓から見える川はまだ暗かった。専用階段を上って居間の方へ行くと、そこには着替えを済ませたシエラさんがいた。

「おはようございます。ずいぶんと早いですね」

「これから日課のトレーニングなんだ」

さすがは戦闘のプロフェッショナルだけはある。シエラさんの強さはこうした日々の努力の積み重ねにあるんだと理解した。

「トレーニングって、具体的にはどんなことをされるんですか？」

「まずは走り込みだよ。戦場では動けなくなった者から死んでいくからね」

シエラさんは毎朝10㎞も走っているそうだ。僕も走れば体力がつくかな？

「あの、一緒に走ってもいいですか？」

「レニー君がかい？　別に構わんが……」

船長のスキルでせっかく「ダガピア」を覚えたのだから、じゅうぶんに使いこなせる体が欲しい。僕も頑張って鍛えるぞ！

シエラさんの足は速くて、追いつくのがやっとだった。それでも止まることなく、何とか明け方の街を走る。ずらりと建物が立ち並ぶ商店街は薄暗く、まだ人の姿はない。海から湿った風が吹いてきて、潮の香りが漂っていた。

シエラさんは僕に合わせてかなりスピードをセーブしてくれているみたいだ。単純に、一緒にトレーニングをしたら僕もシエラさんのように強くなれるかと思ったんだけど、迷惑をかけてしまった。

「ごめんなさい……ハァハァ……脚を引っ張ってしまって……ハァハァ……」

「初めてにしては上出来さ。よく最後までついてこられたね」

シエラさんは呼吸一つ乱さず、笑顔で剣の素振りを続けている。これが騎士の強さか。自分の未熟さを思い知らされた感じだけど、この調子で毎日走ることを続ければいつかは……。

「僕も頑張れば、いつかシエラさんのように強くなれますか？」

「ああ、君には才能がある。きっと私よりも強くなれるさ」

「そっか、じゃあ僕もいつかはじいちゃんみたいになれるのかな……」

「コウスケ・カガミ殿か」

「はい。僕の目標です」

じいちゃんは鍛冶屋《かじや》だったけど真の勇者だった。パル村を守った盾であり、剣であった。

「うん、君ならきっとなれるさ」

「よ～し、頑張るぞ。強くなったら僕がシエラさんの背中を守ってあげますね！」

「えっ……」

「だって、こんなに親切にしてもらっていますから。ともに戦うのにふさわしい仲間になって少しでも恩返しがしたいです」

「レニー君……」

あれ？　シエラさんが俯《うつむ》いている。もしかして僕があまりに突拍子もないことを言ったから笑いをこらえているの？　ひょっとしてすごく恥ずかしいことを言っちゃったかな……。でも、頭を上げたシエラさんは笑顔だった。

「レニー君、嬉《うれ》しいよ。そんな言葉をかけてもらったのは初めてだ」

「よかった。突然変なことを言っちゃったから笑われるのかと思ってしまいました」

「笑うものか！　ただ、少し驚いてしまっただけだ……」

よかった。

「さて、そろそろ船に戻るかい？」

「あの、よかったら海を見ていきませんか？　せっかくルギアまで来たのに、僕はまだ海を見ていないから」

「いいよ。じゃあ、もう少しだけトレーニングだ」

僕らは海側へ向けて走りだした。

建物の間で朝日に輝く波が見えていた。きっとあれが海なのだろう。大きな期待が僕の脚を速くする。心臓の鼓動を感じながら走り抜けると、それまで壁に切り取られていた海が一気に視界いっぱいに広がった。薄いピンクと黄金色に光る空の下で、海はどこまでも続いていた。僕は言葉もなく立ち尽くした。

ずっと見てみたかった風景が目の前に広がっている。でも、ここがゴールじゃない。ここはまだスタートなんだ。僕が行くのはこの風景の向こう側なんだから。

◆○◆○◆

お店が開くと同時に僕らはキャヴィータ探しを開始した。キャヴィータを扱う高級食材店のリストはニーグリッド商会ルギア支部の職員さんが作成してくれてある。

とりあえず港に一番近い店に入ってみたけど、とってもオシャレな店で聞いたこともないような食材がところ狭しと並んでいた。アドレイア海に面するルギア港だから外国の珍しい食材も豊富だ。そのせいでさっきからミーナさんの興奮が収まらない。

「これはなにかしら？」

「パイナップルという果物をシロップ煮にしたものの瓶詰です」

「じゃあこれは？」

「こちらは怪鳥ロックの卵です。これで作るプリンは最高になめらかと言われております」

店員さんの説明を受けながらミーナさんはうっとりしている。

「ミーナさん、シャングリラ号に詰め込めそうな食材は好きなだけ買ってもらって構いませんから」

「本当に⁉」

「遠慮はいらないです」

でも今はキャヴィータを探すのが一番重要なことだ。

「すみません、キャヴィータはありませんか？」

「申し訳ございません。今年の入荷は遅れておりまして」

港町ルギアでもまだキャヴィータは出回っていないようだ。

午前中にさらに二軒のお店を回ったけど、キャヴィータを仕入れている店はなかった。最初は余裕を持って他の食材も購入していた僕らだったけど、だんだんと焦りが滲《にじ》んできている。

「こうなっては仕方がない、午後からは別行動で探すとしよう」

シエラさんの言う通り、別行動するのが手っ取り早いだろう。

「申し訳ありませんがお願いします」

「重複してしまうかもしれないけど、見つけたらすぐに買ってしまった方がよさそうよね。品薄みたいだからすぐに売れてしまうかもしれないわよ」

ミーナさんの意見ももっともだ。

「余ったらシャングリラ号の備蓄にしてしまいましょう」

購入費用をシエラさんとミーナさんにも渡して、僕も次の店へと走った。


どこの店でもキャヴィータを見つけられないまま、僕は集合場所の港へと戻ってきた。時刻はもうそろそろ一六時になろうとしていて、太陽はだいぶ西の方に傾いていた。ひょっとしたらシエラさんかミーナさんが見つけてくれたかもしれないと淡い期待を抱いていたけど、戻ってきた二人も手ぶらだった。

「ごめんね、どこのお店もまだって言っていたわ」

「こちらも同じだ」

「仕方ありませんね。これだけ探してないならどうしようもありません」

諦《あきら》めてハイネルケへ帰ろうかと思ったとき、ミーナさんが一つの発見をした。

「あの木箱……」

入港していた船が積み荷を下ろす現場を、ミーナさんが目を凝らして見ている。

「どうしたんですか？」

「前に海猫亭で同じものを見たことがあるわ。ちょっと行ってくる！」

ミーナさんは荷下ろしをしている船員のところへ走っていく。ひょっとして……。

「レニー君！　やっぱりこの箱、キャヴィータだって！」

ミーナさんは木箱に押されたロゴでキャヴィータを見つけてくれたのだ。料理人であるミーナさん以外だったら見逃していただろう。すぐに荷を運んでいる船長に交渉すると、一箱だけ譲ってくれるという話になった。通常の3倍の値段を取られたけどね。

「間に合うかな？」

「水上バイクなら何とか。船体を軽くするために機銃は外しますけどいいですか？」

「べ、別に私に断ることはないではないか……好きにしたまえ……」

だってシエラさんは大好きだから……。シエラカスタムから通常形態へ戻した水上バイクに三人で乗り込んだ。

「最高速で行きます！」

「大丈夫だ。存分に飛ばしてくれ！」

「絶対に間に合わせましょうね！」

帰り道は途中で暗くなってしまうけど、サーチライトを搭載した水上バイクなら問題ない。今になってあのオプション選択が活《い》きてきた。灯火《とうか》を選んだあの時の僕、グッジョブ！

ハイネルケへ戻った僕らは無事にキャヴィータを届けることができた。ニーグリッドさんは賓客の接待で会えなかったけど、とても感謝しているとの伝言をもらっている。今回の依頼はギリギリだったけど、三人で力を合わせて成功に導けてよかった。

「は〜い、キャヴィータですよ！」

ギャレーからミーナさんが大きな銀ボウルを運んできた。こんもりと砕いた氷が盛られ、その上にキャヴィータが盛り付けられている。

「そのままスプーンですくって食べてもいいですし、そちらにある甘くないパンケーキにクリームチーズと一緒にのせて食べても美味《おい》しいです」

ニーグリッドさんにキャヴィータを届けた僕らは、自分たちも食べてみたくなってしまい、一瓶だけ取り分けておいたのだ。通常のキャヴィータは熟成期間が必要なんだけど、今回のように採れたての新物も珍重されるらしい。

「いただきます！」

まずはそのまま一口。ミーナさんのアドバイスでレモンを一滴だけ垂らして口に入れた。

「ん〜〜〜っ！　美味しいです」

プチプチとした食感と魚卵のうま味が口に広がる。

「次はパンケーキと合わせてみて。これはこれで美味しいから」

「どれどれ、私もいただこうか」

ミーナさんの作る料理はなんだって美味しい。このパンケーキも小麦の香りが口の中に広がり、それがネギやキャヴィータと渾然一体《こんぜんいったい》となって一つのハーモニーを奏でている。それにキャヴィータ料理はこれだけではなかった。ホタテとキャヴィータのクリーム仕立てマリネや、キャヴィータを使ったパスタなども作ってくれていた。

「私も騎士団の会食でいろいろな料理を食べたが、ミーナの腕はかなりのものだと思うぞ」

「僕もそう思います。それに、ミーナさんの料理ってどこかホッとするというか、気持ちを和ませてくれるんですよね」

「なるほど、言われてみればその通りだ」

「みなさん褒めすぎです。もっと言ってくれてもいいんですよ！」

ミーナさんが胸を張って喜んでいた。

「今日は朝から忙しかったが、これほど美味しいものが食べられるというのは幸せだな。ここから見える夜景も綺麗《きれい》で、船の食事というものの概念が変わったよ」

優雅に白ワインを傾けながらシエラさんがうっとりと外の夜景に見とれている。どうせ船で料理をするならばと、僕らはクルーザーでセミッタ川の沖合に出て停泊中なのだ。ハイネルケの城壁では各所で篝火《かがりび》が焚《た》かれていて、揺らめく炎が川を照らしだしていた。

「そうですね、こうして夜の景色《けしき》を見ながら食べるお食事も美味しいですよね」

シエラさんとミーナさんの言葉で天啓のようにアイデアがひらめいた。これを商売にすることはできないだろうか？

「これ、いいかもしれませんね」

「なんのことだい？」

ワインのせいで少しだけ頬《ほお》の赤いシエラさんが不思議そうに僕を見つめる。

「こうして、お客さんをクルーザーに乗せてあげて料理を振る舞うんですよ。船上レストランというか、食事つきクルージングというか」

「なるほど、非番の騎士なら喜んで飛びつきそうだな」

「今なら川岸にアーモンドの花がいっぱい咲いているわ。お花見をしながらご飯を食べてもらうのもいいかもしれないわね」

レベルも11に上がったばかりで、次の船を得るためにはポイントがだいぶ足りない。クルーザーはこれまでにない大きさだけど交易には向かない船だ。だったら、食事つきクルージングを商売にするというのも一つの手だ。

「フライングブリッジ（屋上）やデッキにテーブルを置けば、一六人分の席は確保できます」

「私が騎士団の仲間に声をかけてみよう」

「すぐにでもコースメニューを考えてみるわ。ウェイターやウェイトレスが必要なら昔の仲間に声をかけてみる」

ワイバーンの買い取り査定額が出るのは四日後なので、空いた時間を使って僕らは試験的に食事つきクルージングを試してみることにした。

◆○◆○◆

翌日、僕とミーナさんは落ち着かない気持ちでシエラさんの居間にいた。シエラさんは大鷲《おおわし》城にいる騎士団の人々にクルージングの宣伝をしてくれている最中だ。

「やっぱり一回3000ジェニーは高かったかな？」

ミーナさんはかなり不安そうだけど、今回はルギア港で仕入れてきた海の幸を使った豪華料理を出す予定だ。原価を考えれば決してボッタクリとは思えない。それに、騎士の方々は高給取りだと聞いている。たぶん大丈夫だとは思うけど……。

「シエラさんは絶対にいけると言っていたわ。ここはシエラさんを信じましょう」

僕だってこうした商売は初めてだから、どうなるかなんてわからなかった。二人して黙ったままテーブルの上の紅茶を見つめる。どちらのカップにも半分以上残っていたけど、すっかり冷めきってしまっていた。

「ただいま」

元気な声がしてシエラさんが戻ってきた。手には一枚の紙が握られている。

「どうでしたか？」

立ち上がって詰め寄る僕を見て、シエラさんはニッコリと笑った。

「昼も夜も満席になった。あぶれた団員もいて、別の機会にまたやってほしいと言っていたぞ。なっ、私の言った通りだっただろう？」

「よかった……」

ミーナさんが安堵《あんど》のため息をついたけど、忙しくなるのはこれからだ。

「お客さんが三二人もいるのなら、生鮮食品以外は今日中に買い出しをしておかなくてはなりませんね」

「そうだな。特にワインは多めで頼むよ。できたらカムリ産の白ワインを一本用意しておいてほしい」

「探してみますが、お好きな方が来られるのですか？」

「ああ、騎士団長のシェーンコップ様がな……」

そんな偉い人が来るの⁉

「騎士団長様がなんでまた？」

「興味があるのだそうだ」

「興味って……何に？」

「クルージングと料理と船と、レニー君、君にだ」

そういえば、シエラさんを僕の護衛に任じてくれたのは騎士団長様だったな。

「騎士団長様ってどんな方ですか？」

「えっ……う〜ん……かわっている……かな？」

なんだかとっても不安になる答えなんですけど。

「そうそう、ワインの他に団長からもう一つリクエストがあったんだ」

「なんでしょうか？」

「あのな……」

シエラさんが急にもじもじし始めた。それだけで僕にはなんとなく続く言葉がわかってしまう。

「クルーザーに機銃を換装することは可能だろうか？」

やっぱりそうきたか。なんでシエラさんはそんなに嬉《うれ》しそうに頬を染めながら機銃のことを聞くのだろう？

「大丈夫ですよ。お好きな場所に設置できます」

「だったらフライングブリッジにしてほしい。団長の席はあそこにしてあるんだ」

高い場所だから眺めもいいし、操縦席の見学もしやすいだろう。機銃も撃ちやすい気がする……。

「わかりました。じゃあフライングブリッジに設置しておきます」

「うん。今日中に使用感を確認しておこうかな……。ほら、上手《うま》く換装されているかどうかとか、使い勝手がどうかとかを確かめておかないといけないだろう？」

趣味じゃないよね？　仕事として言ってるんだよね？

「まあ、クルージングコースの確認もありますので、そのときにでも」

「そうか、そうか。楽しみにしているよ！」

シエラさんは極上の笑顔で頷《うなず》いていた。

出航予定の十一時半が近づくと、クルージングに参加する騎士たちが続々と桟橋に集まりだした。僕も船長として挨拶《あいさつ》をする。船長は船の上では絶対の存在でなければならないので、威厳を崩さないように、かつ礼儀正しい態度を心がけた。

「こんにちは、シャングリラ号へようこそ。船長のレニー・カガミです」

「きゃあっ！　かわいい船長さんね。君は何歳なの？」

「あ、あの、13歳になったばかりで……」

威厳を崩さないように……。

「本当に？　ねぇ、お姉さんたちを案内してくれないかなぁ？　一緒に食前酒でもどう？」

「いえ、他のお客様もいらっしゃいますし、出発の準備もありますので……」

強引に腕を絡めてくる女性騎士さんに困惑してしまう。

「お前たち、さっさと乗船して決められた場所に着席せんかぁっ！」

「げっ、ライラックさん⁉」

シエラさんが助けてくれた。だけど、お客様にその態度はどうなんでしょう？　この船は軍船ではありませんよ。

「はっはっはっ、護衛の任を必要以上に果たしているようだな、シエラよ」

笑いながら大柄な中年女性が桟橋にやってきた。丈の長いマントを翻し、腰には大剣を帯びている。

「これは団長、よくいらしてくださいました」

この人がルマンド騎士団の団長リンダ・シェーンコップさんか。まるで大きなライオンみたいな人だ。

「はじめまして。船長のレニー・カガミです」

「おお！　君が噂《うわさ》のレニー君か。話はシエラからくどいほどに聞いているよ。会えることを楽しみにしていたんだ」

シェーンコップ団長は身をかがめて僕の顔を覗《のぞ》き込む。猛獣に睨《にら》まれているみたいに緊張したけど、団長さんはニッコリと微笑《ほほえ》んだ。

「ご案内いたしますので、どうぞご乗船ください」

「世話になる」

団長さんは軽快にはしけを渡りシャングリラ号へと入っていった。

団長さんの席は一番眺めの良いフライングブリッジにしておいた。今日が晴天であることは気象予測で確認済みだから気持ちがいいと思う。それに、ここにはアレが設置してあるしね……。

「のぉおおおおお！　これがシエラの言っていた機銃か！　重厚なフォルム、鋼の手触り、どれをとっても最高だな！」

病人がここにも一人……。

「これでワイバーンを仕留めたときの爽快感《そうかいかん》といったら……思い出しただけでもう……」

シエラさんがプルプルと身を震わせている。恍惚《こうこつ》とした表情がちょっとだけエッチだ。

「おのれぇ……自慢しおって！　私もワイバーンを見つけるまで今日は帰らんぞ！」

クルーズコースはすでに決められております……。

「シャングリラ号は間もなく出発となります。乗客のみなさまはお気を付けください」

夢中になっているお二人は放置して、他のお客さんの間を回った。

大勢の人がいるのでクルーザーの上は少し窮屈だったけど、ミーナさんの知り合いがお客様を上手いこと捌《さば》いてくれた。今日手伝ってくれている二人はミーナさんと同じレストランで働いていたベテランのウェイトレスなのでテーブルのことは安心してお任せしてある。彼女らもたまたま王都で仕事を探していたそうなので、いいアルバイトになると喜んでくれていた。

騎士の方々はそれぞれの席に座り談笑を始めている。トラブルもなさそうなので僕も操船に専念することにした。

「レニー君、全員揃《そろ》ったぞ」

乗船名簿を手にしたシエラさんがフライングブリッジの操舵《そうだ》シートまでやってきた。

「それでは出航します」

セミッタ川を上流へ向けて遡《さかのぼ》り、アーモンドの花が咲き乱れる川沿いまで行く予定だ。時間は往復で三時間を予定している。「隅田川の花見を思い出すなぁ」とはじいちゃんの言葉だけど、じいちゃんの言っている花は桜のことだ。アーモンドの花はちょっと見ただけだと桜との違いがわからないほどよく似ている。この辺では春の風物詩として親しまれている花だった。

客席ではすでに食前酒が供され、前菜のキャヴィータ料理も出されたようだった。あちらこちらから感嘆の声が上がっている。

「これは美味《うま》い。初物のキャヴィータか」

「私は初めてだわ」

評判は上々のようである。僕は隣に座っているシエラさんに話しかけた。

「いい感じですね。天気もいいし、花も綺麗《きれい》だし、みなさん喜んでくださっているみたいでよかったです」

シエラさんも穏やかな笑顔で春爛漫《はるらんまん》の風景に目を細めていた。


時速20㎞ほどで一時間半ほど走ると、船はハイネルケ郊外の平野部までやってきた。ここは都市に食料を供給する農村地帯となっている。川沿いにのんびりと草を食《は》んでいる牛の群れが見えて、牧歌的な雰囲気を醸しだしていた。

コース料理はすでにメインディッシュが終わり、後はデザートを残すのみとなっているようだ。ミーナさんもほっと一息ついている頃《ころ》だろうか。下準備は地上でだいぶ終わらせてきたけど、船の上の調理は大変だっただろう。

「お疲れ様です船長」

ウェイトレスさんが僕とシエラさんのコーヒーを持ってきてくれた。

「お客様のお食事はもう終わったの？」

「はい。今は食後酒かコーヒーのお代わりでくつろいでいらっしゃいます」

どうやら忙しさのピークは過ぎたようだ。このコーヒーはお客様に出したのと同じものだけど、ルギア港で買った高級な舶来物だ。アビック産でとてもいい香りがする。なんとジャコウネコにコーヒー豆を食べさせて、その腸内で熟成させて独特の香味をだすそうだ。

それって猫の……。でも、本当に良い香りがするんだよね。世界には僕の想像を軽く超えた食べ物があるものだと感心してしまう。いつか直接買い付けにアビックまで行ってみたいな。僕の分はミルクをたっぷり入れてカフェオレにしてあった。

少しだけ落ち着いてカフェオレを楽しんでいると、後ろの席で団長さんが立ち上がった。

「さて、食事も堪能したし、そろそろメインディッシュを楽しもうじゃないか！」

メインディッシュは牛ほほ肉の赤ワイン煮込みだったじゃないですか⁉　機銃？　やっぱりそれですか……。

「船長、船を人気《ひとけ》のない場所に移動させてはもらえないだろうか？」

「は〜い」

農村ではぶっ放さないという良識があるだけマシだと思おう。のんびりと草を食べる牛に別れを告げて、船のスピードを上げた。

しばらく船を進ませると両岸が森に挟まれた人気のない場所へやってきた。

「ここならいいだろう。船長、船を停《と》めてくれ」

ワクワク顔でシートの後ろから僕の肩を掴《つか》んでいた団長さんが声をかけてくる。こうなったら好きなだけ撃たせてあげるとしよう。機銃の威力を見ようと他の騎士たちも期待に満ちた顔で集まってきた。

シエラさんによる一通りの講習の後、まずは団長さんが機銃の威力を試してみることになった。

シュッシュッシュッシュッシュッシュッシュッシュッシュッシュッシュッシュッシュッシュッシ
ュッシュッシュッシュッシュッシュッシュッシュッシュッシュッシュッシュッシュッシュッ！

……ギ……ギギギギギギ……ズシーン！

大きなブナの木が倒れた。斬新な木こりさんだ。

「いい……」

シエラさんと同じ反応⁉

「一発一発の威力は私の魔法の方が上かもしれないが、発動速度と連射スピードが素晴らしい！」

言いながらシェーンコップ団長はつかつかとこっちへと歩いてきて、僕の手を取った。

「レニー君！」

「はい」

「今日から君もルマンド騎士団だ！」

わけがわかりません。

「いえ、そういうのは困るんですけど」

僕には世界を見て回るという夢がある。

「わかっているさ。人にはそれぞれ役割ってものがある。だけどね、君には今後も何かと私たちの手助けをしてほしいんだよ」

「それはもちろんです。僕もシエラさんにはお世話になっていますから」

ヒューと見学の騎士たちの間から口笛が上がった。シエラさんは頬《ほお》を染めながらそんな騎士たちを睨《にら》み返している。団長さんは諌めるようにシエラさんの肩にポンと大きな手を置いた。

「これまで通り、しばらくシエラは護衛として君に張り付けておく。こいつのたっての希望でもあるからな」

「だ、だ、だ、団長！」

恥ずかしそうにしているシエラさんを無視して、シェーンコップ団長は話を続ける。

「不器用な女だが戦闘に関しては超がつくほど一流だ。そばに置いてやってくれ」

「僕もシエラさんのような人がいてくれると本当にありがたいです」

「相思相愛で何よりだ。ところで……」

冗談のように話していた団長さんの目が打って変わって真剣になった。ここからは大切な話のようだ。

「我々はカサック方面の集落に騎士を派遣することになった。人数は一五名と少ないが、一人一人が一騎当千の強者《つわもの》だ。各集落に一人ずつ彼らを配置することによって、魔族の襲撃に備えるつもりである」

シェーンコップ団長の目は燃えるようだ。僕もあの日の記憶が甦《よみがえ》り、顔がカッと熱くなった。もしもあの日、パル村に騎士がいてくれたなら……。

「レニー君、船を使って各地に派遣される騎士たちを運んではもらえないだろうか？　もちろん礼は――」

「手伝います。手伝わせてください！」

そんな依頼なら謝礼などなくても引き受けるつもりだ。これ以上あんな惨劇を増やしたくない。騎士たちが地方の小さな村々を守ってくれるというのなら、僕だってできる範囲で手助けしたかった。

「そうか。協力に感謝するよ。だが謝礼は受け取っておきたまえ。君はいつかもっと大きなことを成し遂げるかもしれない。そのためにはお金が必要なこともあるだろう」

「わかりました。ところで輸送する騎士の方々は一五名ですよね。もしかして？」

本日のお客様は団長＋一五名だ。

「その通りだ。今日は私のおごりで慰問なのだよ。まったく、高いワインをバカスカと遠慮なく空けおって……」

シェーンコップ団長は苦笑しながらもどこか嬉《うれ》しそうだった。

ハイネルケからカサックまでは７００㎞あり、普通の船なら一週間以上の旅程になってしまう。クルーザーでも二日はかかってしまうだろう。せめてその間は騎士たちに快適な旅をしてもらいたいな。出発は来週ということなので、それまでに用意をしておくことにした。

食事つきのクルージングは好評で、ぜひまたやってほしいという声が多かった。ディナークルーズの方も評判がよく、騎士たちが奥さんや旦那《だんな》さんを連れて参加していた。噂《うわさ》によると、話を聞いた貴族や富裕な商人たちも乗船を希望しているらしい。また機会を見てチケットを販売してみるとしよう。

第五章　スベッチ島へ

近代における魔道具の飛躍的な発達の要因の一つに翡電石《ひでんせき》の発見がある。これは1㎠あたり３０００文字までの命令を記憶できる石であり、この発見が魔道具の大幅な小型化・多様化を実現した。後に三界航路の覇者と呼ばれるレニー・カガミは、この鉱石の秘密鉱山を発見したのではないかと言われている。カガミが各国へ運んだ翡電石は数万ｔとも目され、彼の活躍の初期における重要な資金源となっていたらしい。

（『ハイネーン英雄列伝』より）

翌日はシエラさんと朝のトレーニングに励んだあと、街へと出かけた。時間がかかっていたワイバーンの査定も明後日《あさって》には出るらしいのでルギアまで行かなくてはならない。ついでにできる仕事はないかとニーグリッド商会へ行ってみたけど、目ぼしい仕事は見つけられなかった。

仕方がないので、街を見物して回る。ハイネルケは広いのでまだすべてを見て回ったわけじゃない。通りの露店を覗き、大鷲《おおわし》城へ帰ることにした。

小さな橋の近くに面白い露店があった。白い日除けを張っただけの簡素な店で、すぐ横には殴り書きの看板が出ている。

『よろず魔道具買い取ります。高額査定実施中！』

低い台の上には細々《こまごま》とした魔道具が隙間《すきま》なく積まれている。どれも古びた品だけど、見ていると不思議とワクワクしてしまうアイテムばかりだ。台の向こうでは額にゴーグルをつけたお姉さんが居眠りをしていた。

年齢は20代半ばくらいだろうか。赤い髪に褐色の肌が目を引く。擦り切れた革のジャケットの下は黒いタンクトップという格好だ。頑丈そうなジャケットの前は大きくはだけ、堅固というか無防備というか、よくわからない装いである。腰には各種工具の差さったベルトを着けていた。

あらためて台の上の商品に目をやった。パッと見ただけでは用途のわからない物も多いけど、各商品には小さなメモがついている。たとえば金属製のゴブレットには「冷たいゴブレット」という名前がついていた。

冷竜のヒゲが底部に仕込まれていて、飲み物を常に冷たい状態に保ってくれるらしい。値段は4500ジェニーと露店にしてはかなり高額だ。他にもイビルアイの眼球を利用したフラッシュライト、悪魔の手を利用した自動筆記ペンなんかがある。

そんな商品の中で僕は気になるサングラスを見つけた。メモには「偏光の色つき眼鏡《めがね》」とある。このお姉さんのネーミングセンスは微妙だなぁ……。でも、品物の性能はものすごくて、光の強さによってレンズの色の濃さが変わってくるマジックアイテムのようだ。

船乗りはサングラスを持っている人が多いけど、それは大抵緑色のガラスを使ったものだ。分厚くて透明度が低く、視界が悪くなるという欠点がある。水晶や宝石を薄く削って作られたものもあるけど、そういうのは目玉が飛び出るほど高い。

「いらっしゃい……、坊やは何をさがしてるんだい？　ふあぁ……」

気だるげな声がしたと思ったら、お姉さんが大きなあくびをしていた。

「こんにちは。このサングラス、すてきですよね」

お姉さんは僕を見てニヤリと笑った。

「背伸びをしたい年頃かな？　坊やにサングラスは必要ないだろうに」

「こう見えても船乗りですよ。それに、自分の船を持つ船長です」

「おや、そいつは悪かったね」

お姉さんは僕の話を全然信じていないみたいだ。もっとも僕の年齢を考えれば、船長であることなんか信じられないのも仕方がないか。

「明後日は早朝からルギアへ行かないといけないから、それまでにサングラスが欲しいと思っていたんです」

ルギアは東にあるから朝日が真正面になってしまうのだ。眩《まぶ》しすぎると水上バイクのスピードが出せなくなってしまう。

「ふ～ん、本当に船乗りなんだね。親父《おやじ》さんからボートでも受け継いだかい？」

「そんなところです」

固有ジョブっていうのはこの世界にはない概念だ。きっとじいちゃんの特殊な力が僕に受け継が

れた結果だと思うから、お姉さんの言うこともあながち間違ってはいない。

「だけど、それ高いよ。スモーククリスタルを削り出してあるんだ。坊やに買えるかねえ。私好みのかわいい子だから、多少はオマケしてあげてもいいけどさ」

お姉さんは変わらず気だるげな雰囲気で、だらしなく腰かけたままだった。僕が偏光の色つき眼鏡を買うなんて、少しも本気にしていないようだ。それもそのはずでこのサングラスは1万7000ジェニーの値がつけられていた。

「うん、決めた。これください。これください！」

「はぇ？　これくださいって、アンタ……」

財布から金貨一枚と銀貨を七枚取りだす。ここのところ忙しく働いていたから資金は潤沢だ。まとまったお金ができたら銀行に預けた方がいいのかな？　来週、騎士団の輸送でカサックへ行くから、そのときにルネルナさんに相談してみよう。

「はい、ちょうどありますよ」

「ぼ、坊やは……」

「船長です！」

お姉さんは腰を浮かせて、不思議そうに僕を見上げた。

道具屋のお姉さんはフィオナ・ロックウェルさんと名乗った。正確には道具屋の店主ではなく魔道具師なのだそうだ。

「呼び方なんてどっちでもいいんだけどね」

モグモグと口を動かしながら、お姉さんは心底どうでもよさそうな顔をしていた。僕もフィオナさんに買ってもらったねじり揚げパンを一緒に食べる。黒糖がたっぷりかかった屋台の味で、舌に絡みつく油のジャンクな美味《うま》さが後を引いた。

「それにしてもレニーは羽振りがいいんだね。あんな高いサングラスをぽ～んと買っちまうんだから。いや、驚いたよ」

「ちょっと特別な船を持っているんです。魔導エンジンっていう推進装置がついていまして――」

「……なんだと？」

フィオナさんはスッと僕の背中へ回り込んだ。そして、ゆっくりと腕を僕の首に回してきて……いきなり絞め技⁉

「何するんですか⁉」

「捕まえた！　もう逃がさないんだからね！」

フィオナさんの腕が顎《あご》の下にがっちり入って息ができない。そのうえ、首の後ろに大きな胸が当たってますます僕を混乱させる。

「レニー、いい子だから私にその船を見せなっ！　さもないと……」

「さもないと？」

「……」

「考えていないんですか？」

「うるさい！　いいからさっさと案内するんだよ。私がこれだけ頼んでいるんだぞ」

パル村ではこれを頼むとは言わない。脅迫とか強制って言うと思う。

「わかった、わかりましたから手を離してくださいよ。普通に言ってくれれば見せますって」

「そうなの？」

「連絡船もやっているから、お客さんを乗せることだってあるんです」

「なんだ、てっきり秘密の船かと思ったぜ……」

秘密にしていたら商売が成り立たないもん。

「でも、急にどうしたんですか？」

「そりゃあ魔導エンジンってやつに興味があるからに決まってるだろ。ねえ……」

フィオナさんは怪しい目つきで僕を見つめる。

「な、なんですか？」

「分解してもいい？」

手に持ったドライバーをクルクル回しながら、獲物を前にした猛獣の顔をしていた。

「ダメに決まっているじゃないですか！　元に戻らなかったらどうするつもりですか⁉」

「あははっ、冗談、冗談」

目が本気だったよ……。なんとなく船を見せるのが怖くなってきた。

「見せてあげますけど、変なことはしないでくださいよ」

「わかった、わかった。踊り子さんの肌には触れないのがルールだな。よし、すぐ行こう」

「すぐ行くって、お店はどうするんですか？」

「これ？　ああ、閉めちまうよ」

フィオナさんが台の下に手をやると引手がスライドしてきた。さらに台の下から前後左右のフレームが持ち上がり、台を囲うようにロックされていく。最後にレバーを両手で押し下げると、台の下から車輪が出てくるではないか。さっきまで露店の商品台だったのが、今ではもう荷車に変わっていた。

「すごい！」

「いかすだろ？　私が作ったんだぜ」

「さすがは魔道具師ですね。変形機構がカッコいいです！」

「おっ！　レニーはわかってるじゃないか。お前は本当にかわいいなっ！」

フィオナさんの家に寄って商品を置いてから、僕らはセミッタ川へ向かった。


川へ着くと、僕はさっそく一番小さな船外機付きのローボートを出してあげた。本当は水上バイクやクルーザーを見せてあげてもよかったんだけど、フィオナさんの「分解してもいい？」という言葉が怖くて、召喚をためらったんだ。

「マジで船を召喚するとはな……」

召喚魔法を使える人は多いけれど、大抵は精霊やゴーレムなどを召喚するのが一般的なのだそうだ。船を召喚する人は僕くらいのものか。それはそうだよ、僕は召喚士じゃなくて船長なんだからね。

「うおっ！　何だこれはっ‼」

　魔導エンジンを見たフィオナさんはすっかり興奮状態だった。カバーを外してより詳しく構造を説明してあげると、一生懸命メモを取りながら観察している。

「これはスクリューって言うんですけど、エンジンでこの羽を回転させることによって推進力を生みだすんです」

「羽が回転して……推進力………。風車の逆パターンか！」

　なるほど、そういう考え方もあるんだな。風車は風の流れと回転を相互変換する装置で、スクリューは水の流れとエンジンの回転を相互変換する装置だもんね。

　僕はジョブスキルのおかげで理解できているけど、このお姉さんは簡単な説明だけでそこまでわかっちゃうんだ。言動はともかく、かなり切れ者の技術者なのは間違いない。

「まったく今日はなんて日だ！　私の人生が大きく変わっちまうかもしれない出会いだぜ。レニー、わかっているのか？　これは魔導具に革命をもたらす技術なんだぞ！」

　フィオナさんは小さく身を震わせるほどに興奮していた。

「動かしてみます？」

「頼むぜ。なんだってしてやるからさ！」

　フィオナさんを乗せて軽くセミッタ川の遊覧へと出かけた。久しぶりのローボートはやけにゆっくりと感じたけど、これはこれで味わいがある。一五分くらい回ってから元の桟橋へと帰った。

「帆もオールもない船か……。こんな代物に出会うとはな。頭をスパナでブン殴られた気分だぜ！」

それはとんでもなく痛そうだ。でも、魔道具の研究をしてきた人にとっては、衝撃的な発明なんだろうな。

「お役に立てたのなら良かったです」

「ところでレニーは連絡船もやっていると言っていたね？」

「はい。料金は行き先と人数で応相談ですけど」

「ルギアまで私を連れていってほしいんだけど、いくらかかる？」

ルギアであれば出発は間近だ。

「明日でよければ午前八時に出航予定ですよ。料金は５００ジェニーです」

価格は一般的な乗合船と同じにしておいた。

「５００か。だったらお願いしようかな」

「ありがとうございます。ルギアにはお買い物ですか？」

「ああ……翡電石を探しにね」

「翡電石ってなんです？」

聞いたこともない石だ。

「翡電石は魔道具の材料でね、短い命令を記憶できる石なんだ。たとえば『入ってきた魔力を一定量だけ放出しろ』みたいな命令を実行させて、魔法術式の制御なんてことをさせるための材料さ」

これがあると魔道具に細かい作業をさせることができるそうだ。

「これまでは外国産の翡電石が輸入されていたんだけど、最近立て続けに翡電石を積んだ船が沈没しちまってね。おかげで、価格がおっそろしく高騰して手が出せない始末なのさ」

「だったらルギアまで行っても値段は変わらないんじゃないですか？」

卸値で買えれば多少は安くなるかもしれないけど、外国産なら大した値段の差はないと思う。

「まあね。だから私は自分で翡電石を採取しにいくことに決めたのさ」

「自分で？」

「こいつは内緒の話だけど、ルギアの沖合にある、とある島の海岸にゴロゴロしているんだよ。とりあえずルギアまで行って、そこまで乗せてくれる船を探すつもりさ」

なんだか面白そうな話だな。

「その話、詳しく教えてもらえませんか？」

「へぇ……興味があるんだね。レニー、男の子の目をしてるよ」

「船乗りとしては気になる話ですよ」

いつかは海に出たいと思っていたから、そんな冒険がデビューというのも悪くないと思った。

「いいよ。魔導エンジンを見せてくれたお礼に教えてあげよう。ルギアから南東へ80㎞ほど行ったところにある、地図にも載っていない無人島さ」

80㎞か。天候次第だけど、クルーザーなら二時間で到着できるだろう。

「フィオナさんはその島の位置を知っているんですか？」

「まあね。ロックウェル家は代々魔道具師の家系なんだけど、私のひい爺《じい》さんは冒険家でもあったんだ。翡電石の情報も、ひい爺さんが残してくれた記録の中で見つけたのさ」

記録には地図上の座標も示されているとのことだ。

「フィオナさん。僕が船を出すと言ったらその座標を教えてくれますか?」

「レニーが?　そりゃあ君の船は速いけど、あれで海に出るのは自殺行為だろう?　悪いけど私は
――」

「召喚、クルーザー!」

僕の呼び出しに従って、優美なクルーザーが桟橋に現れた。

「これなら大丈夫ですよ。ルギアからなら二時間くらいでその島に着けるはずです」

「まさか……そんな……えっ?　え～～～っ⁉」

フィオナさんがクルーザーを見て言葉を失っている。

「よかったら僕と手を組みませんか?」

「ねえ、レニー……一つだけ教えて……」

「なんですか?」

「分解してもいい?」

魔道具師はやっぱり魔道具師だった。

フィオナさんの教えてくれた島の名前はスベッチ島と言った。

「というわけで、スベッチ島へ行ってくるので、数日は留守にします。騎士団の派遣日までには戻ってきますので心配しないでくださいね」

ここは大鷲城《おおわし》、シエラさんの部屋の居間だ。シエラさんとミーナさんに僕の今後のスケジュールを伝えたんだけど、わかってもらえたかな？　二人はぽかんと口を開けたまんまなんだけど……。

「レニー君……、ということは、そのフィオナとかいう会ったばかりの魔道具師と、三泊四日のクルージングを楽しんでくる、とこういうことだね？」

海の魔物は一筋縄ではいかないと聞いている。クルージングなどという甘い旅とはいかないだろう。

「冒険旅行です、シエラさん」

「つまりあれか？　……冒険したい年頃、とこういうわけか⁉」

「な、なにをそんなに怒っているんですか？　僕はただスベッチ島に行って商売をしたいだけです」

翡翠石を運んでくれれば高値で売り捌《う》け《さば》そうな世情だ。新しい商売を喜んでくれるかと思ったけど、シエラさんもミーナさんも怖い顔でプルプルと震えている。

「許さーん‼」

「シエラさん？」

「どこの馬の骨とも知れない女と二人っきりで旅行など、私は絶対に認めないからなっ！」

もしかして……シエラさんは僕を心配して？

「大丈夫ですよ。なるべく危ないことは避けますから」

「ダメだ、ダメだ！　絶対に私も一緒に行くからな。君の純潔は……じゃなかった、安全は私が守る！」

「一緒に来てくれるんですか？」

「私は君の護衛だぞ！　何人《なんびと》たりとも君に指一本触れさせません！」

「そりゃあシエラさんが一緒に来てくれるなら心強いって思っていたんですけど、僕のわがままに付き合わせるのも悪い気がしていたんです。本当に来ていただけるんですか？　嬉《うれ》しいなぁ」

「う、うむ。私たちは永遠に一緒だ」

永遠？

「そ、それぐらい強い絆《きずな》で結ばれた仲間という意味だ！」

「ちょっと、シエラさん！　ずるいですよ」

今度はミーナさんが怒りだした。

「危険な航海になるかもしれないので、ミーナさんはここかミラルダで待機していてくださいね」

「いやよ！　私はシャングリラ号の専属料理人よ。航海に料理人は絶対に必要なんですからね」

「ミーナさんも来てくれるんですか？」

「当然ね。さっそく日持ちのする食材を探さなきゃ」

みんな本当に優しいな……。

「レニー君、どうした!?」

「お二人の気持ちが嬉しくて」

恥ずかしいけど少しだけ涙が滲《にじ》んじゃった……。

「魔物など私が蹴散《けち》らしてくれるわ！」

「レニー君の好きな物をいっぱい作ってあげるからね！」

「はい。僕も頑張ります！」

天国のじいちゃん、今日もお姉さんたちは僕に親切です。でも親切すぎて不安になるよ。こんなに良くしてもらってもいいのかな？

◆○◆○◆

出発の日、フィオナさんは例の荷車で大量の荷物を桟橋に運んできた。

「なんですかこれは？」

最初に目がいったのは、トゲ付き鉄球がヘッドのハンマーだ。

「おっと、不用意に触るなよ。それは『ビリビリのモーニングスター』だ。インパクトの瞬間に強力な雷魔法が敵に流れ込む仕様だからな」

かすっただけでも動けなくなるそうだ。

「こっちはなんですか？　普通の矢よりだいぶ大きいですけど」

「そいつは『追っかけの矢』だ。実験段階だが、翡電石を組み込んでいて、動く敵を追いかける仕様になっている」

「雷撃のモーニングスターと誘導矢か。すごいですね！」

「ありがとう。でも、レニーのネーミングセンスはゼロだな。そんなことじゃ女の子にモテないぞ。まあ、私が養ってやるからそれでもいいか！　アハハハハ」

ネーミングセンスが微妙なのはフィオナさんの方だと思う。

「おい、誰《だれ》が誰を養うだと？」

船の中にいたシエラさんとミーナさんが桟橋へと出てきた。

「ん？　アンタは誰だい？」

「私はシエラ・ライラック。レニー君の親衛隊長だ」

シエラさんってば真面目《まじめ》な顔をしてたまにこういうジョークを飛ばすんだよね。凛々《りり》しいお顔からは想像もつかないからびっくりしてしまう。

「紹介します。こちらは騎士のシエラさん。僕の護衛をしてくれている人です。強くて優しくて、僕の目標としている人の一人です」

「レニー君……」

「こちらはミーナさん。シャングリラ号の専属料理人をしてくれています。ミーナさんの作る料理は人を温かい気持ちにしてくれるんですよ。ミーナさんのおかげで僕は毎日元気に働けています」

二人には感謝の言葉しかないよ。

「それで、こちらがフィオナ・ロックウェルさん。魔道具師をしていて、今回僕にスベッチ島のことを教えてくれたお姉さんです。見ての通りすごい魔道具を作る人です。みなさん、仲良くやっていきましょうね」

「うむ……」「はい……」「ああ……」

なんとなくぎこちない感じではあったけど、そのうち会話も弾むだろう。僕らは小雨の降る中を、まずはルギアに向けて出港した。

メインキャビンの操縦席に座ったフィオナさんは大興奮だった。

「おおおお！　レニー、この板に浮かび上がっている絵はもしかして……」

「モニターという名前の器械ですよ。船舶レーダーというものを使って、川の地形や他の船を捉《とら》えています。水深なんかもわかるようになっています」

「なんと素晴らしい！　扱い方を私にも教えてくれないか？」

「もちろんです」

昨日《きのう》はシエラさんやミーナさんにも操船方法の講習をしている。今回の航海中にさらなるスキルアップを目指してもらうつもりだった。

ルギアへは二時間半ほどで到着し、ワイバーンの買い取り手続きも滞りなく行うことができた。

査定額は63万1230ジェニーだ。ニーグリッド商会の人に銀行への預け入れを勧められたけど、今回は現金で貰《もら》っておく。僕らの冒険は始まったばかりで、いつお金が必要になるかはわからないからだ。ずっしりと重たい六三枚の金貨は船長室の金庫の中にしまっておいた。

「さあ、いよいよ海ですよ！」

ついに僕らはルギア港を離れ、青く輝くアドレイア海へと乗り出す。これまではセミッタ川を主戦場としていたシャングリラ号だけど、ここからは世界が舞台だ。

「レニー、アンタを信用してスベッチ島の座標を教えるよ。あとは船長に任せる」

フィオナさんに渡されたメモに目を通して、僕は南東に進路をとった。

広い河口を抜ければ、目の前にあるのは青いアドレイアの海だ。ついにこの時が来た。いよいよ僕は海に乗りだすんだ。この海を進めば、見たこともない異国の地が広がっているのだろう。じいちゃん、僕はまた一つ夢を実現させたよ。


風は完全な逆風だったけど、魔導エンジンを搭載したシャングリラ号には関係ない。航海は順調でスベッチ島には二時間くらいで着いてしまった。心配していた海の魔物に遭遇することもなくここまで来られている。今は島の沖合に船を停泊させて、みんなで作戦会議中だ。

フィオナさんは双眼鏡を覗《のぞ》き込みながらスベッチ島の海岸を指さした。レンズが一つの望遠鏡なら売っているのを見たことがあるけど、このタイプは初めてお目にかかる。フィオナさんが作った道具だそうだ。

「あった！　ひい爺さんの記録通り、海岸に翡電石がごろごろしてるぜ」

「あの緑色の石がそうか。たしかに山のようにあるな」

シエラさんも身体強化で視力をアップしているようだ。僕もフィオナさんに双眼鏡を借りて海岸を覗いてみた。玉砂利を敷き詰めたような海辺には緑色に輝く翡電石が点在している。これなら採集も楽だろう。

ただし、さっきから何体もの魔物が海岸を行き来している。四足の動物型がほとんどだけど、たまに昆虫型やスライムのような魔物の姿も見られた。沖合に停泊しているこちらには気が付いていないようだけど大丈夫かな?

「ひい爺《じい》さんの記録によると、スベッチ島には夜行性の魔物はほとんどいないそうだ」

「では、上陸は夜中ですね」

「うん。みんなにはこれを着けてもらうよ」

フィオナさんは魔導カンテラのついた額当てを袋から取り出した。

「私が作った『おでこピッカリ』だ。これならば視界を確保しつつ両手が使える。作業にも戦闘にも邪魔にならないってわけさ。ヘルメットや兜《かぶと》の上からでも装着できる優れものだぞ」

おでこピッカリとシャングリラ号のサーチライトを併用すれば夜の作業も楽だろう。

「みなさ~ん、おやつのクレープが焼けましたよ」

ギャレーの方からミーナさんの声が聞こえてきた。それと一緒にレモンシロップの甘い香りが海風に混じって漂ってくる。僕らはいそいそとフライングデッキを降りて、リビングへと向かった。

スベッチ島への上陸は〇時開始と決めて、僕らは休息をとることにした。

「レニー、一緒にシャワーを浴びようぜ。私の服を脱がせていいから、代わりに船のフレームを外させてくれよ」

フィオナさんはとんでもない冗談で僕を困らせる。

「何を言ってるんですか⁉　僕はいつ魔物が来てもいいように操縦席で待機しています！」

「シャングリラ号の船舶レーダーは優秀だから、船に近づく魔物がいれば警報が鳴るように設定してあるんだろう？　私を一人にしたらシャワーを分解しちゃうかもだよ？　だからさぁ――」

ドライバーをくるくる回しながら、フィオナさんはいたずらっ子のような笑みを浮かべる。

「何なら私が一緒に入ってやろうか？　背中を流してやってもいいぞ……」

ものすごい形相のシエラさんがポキポキと指を鳴らした。

「一人で入ってきま～す！」

シエラさんの迫力に圧《お》されて、フィオナさんはスルスルッと階下に消えていく。

「まったく……」

「ありがとうシエラさん。僕は女の人には慣れていないから、ああいう冗談にはついていけなくて……」

「はたしてどこまで冗談なのやら……。レニー君、何かあったらいつでも私を呼ぶんだぞ。私は君の騎士《ナイト》なんだからな」

シエラさんは優しいな。でも――。

「大丈夫ですよ、いつまでもシエラさんに頼っているわけにはいきませんから。言ったじゃないですか。僕はシエラさんの背中を守れるくらいに強くなってみせるって」

「レニー君が……私の背中……」

「シエラさんも今のうちにシャワーを浴びておいてください。上陸まではあと三時間ですよ」

「うん……背中……綺麗《きれい》にしておく……」

やけにもじもじとシエラさんも自室に戻っていった。僕は一人で計器を睨《にら》む。今のところは異常なしだ。すでにサーチライトと機銃はクルーザーに換装してある。僕も少し休んでおこう。シートに深く腰かけ、僕は目を閉じた。


深夜になって、シャングリラ号をギリギリまで島に近づけた。船のサーチライトが点灯すると海岸が眩《まぶ》しいくらいに照らしだされる。見た感じでは生物が動き回っている様子はない。夜行性の魔物がいないというのは本当のようだ。

「ミーナさん、船を頼みます」

「まかせといて。ライトの向きもちゃんと調節するからね」

上陸するのは僕とシエラさんとフィオナさんで、ミーナさんには船に残ってもらう。僕らは頭に着けたおでこピッカリも点灯した。

「準備はいいか？　栈橋をかけるぞ」

海岸まではおよそ20m。シエラさんが得意の氷冷魔法を使うと、船から岸まで続く氷の橋がかかった。時刻は〇時。今から海岸で翡電石を集められるだけ集める計画だ。僕はもう一度腰にさした形見のナイフを確かめておく。それだけで緊張が少し和らいで、力が湧《わ》いてくる気がした。

「周囲への警戒を怠るな。行くぞ！」

船の上では僕が船長だけど、海岸では戦いに精通したシエラさんが指令を出す隊長だ。僕らはシエラさんに続いて氷の桟橋を岸へ向かって駆け抜けた。

「おお！　翡電石が大量じゃないか。これだけあったら当分開発費には困らなそうだね」

おでこピッカリに反射する緑色の石を見て、フィオナさんが小躍りしている。

「無駄口を叩《たた》いている暇はない。魔物がこちらに気付く前にさっさと作業を始めるぞ」

「夜はみんな眠ってるって。安心して石を拾おうぜ」

フィオナさんはそう言うけど、起きだす魔物だっているかもしれない。僕は周囲を警戒しつつ、岩場に置いた木箱に次々と翡電石を入れていく。良し悪しを判別している時間はないから、とにかく端から手当たり次第に箱へ詰めると、すぐに木箱はいっぱいになってしまった。

「フィオナは箱をクルーザーへ」

「あいよ」

シエラさんが魔法をかけ直し、溶けかけた桟橋が再び凍《い》てついていく。フィオナさんは木箱を持ってその上を駆けていった。緊張で冷や汗が流れる中、僕は二つ目の木箱に翡電石を放り込む。

「レニー君、今物音が……」

ふいにシエラさんが僕の動きを止めた。じっと海岸の端の方を見つめて気配を探っているようだ。

サーチライトとおでこピッカリの光に照らされて、海岸の地形がもそもそと動いている気がした。

「大地が……うねっている？」

「違う。あれは……コマンドドラゴンだ！」

コマンドドラゴンとは地竜の一種だそうで、見た目は大きなトカゲに近い。頭から尻尾《しっぽ》の先までの長さは3mにも及び、太い脚と頑丈な顎《あご》が特徴だ。そんな魔物が五〇体以上の群れで僕らの方へ走ってくるところだった。

「何が夜行性の魔物はいないだ。お気楽分解魔道具師がぁ！」

シエラさんは忌々しそうに叫びながら手に魔力を籠《こ》めた。たちまち空中に五つの魔法陣が展開され、青白い光を放つ。

「くらえ！　アイスランス！」

魔法陣から五本の大きな氷柱が放たれ、五体のコマンドドラゴンを貫く。それだけじゃない。船の方から聞きなれた攻撃音が響き、きらめく無数の弾丸がコマンドドラゴンを横から貫いた。ミーナさんが魔導機銃を使って援護をしてくれているのだ。ガルグアを倒した経験者だけあってミーナさんの機銃攻撃は堂に入っている。

（レベルが上がりました）

嬉《うれ》しい報せだけど今はそれどころじゃない。

「レニー、これを使え！」

フィオナさんがビリビリのモーニングスターを投げてよこした。たしかに地を這《は》うコマンドドラゴンが相手だと、僕のナイフでは刀身が短すぎて不利だ。

「持ち手の底部に起動スイッチがある。つまみを右側へ捩《ね》じるんだ」

言われた通りにスイッチを入れると、トゲのついた鉄球が青い稲妻を放ちだした。

「レニー君、私から離れるなよ！」

魔法でさらに五体のコマンドドラゴンを倒したシエラさんが剣を抜く。フィオナさんも桟橋から追っかけの矢でコマンドドラゴンの頭を確実に射抜いていた。

（レベルが上がりました）

ふいに、船からの機銃射撃が止《や》んだ。

「ごめ～ん、こっちは魔力切れ」

ミーナさんの魔力は切れてしまったけど、おかげで数はだいぶ減らせている。それに、もうコマンドドラゴンと僕たちの距離が近すぎて、機銃での攻撃は無理だろう。残るは八体。ここからは白兵戦だ！

「行くぞ！」

「はいっ！」

僕とシエラさんは武器を手にコマンドドラゴンの群れへと突っ込んだ。迫りくる敵との間合いを測って冷静にモーニングスターを振り下ろす。頭部を狙《ねら》った攻撃はわずかに外れて首にヒットしたけど、ほとばしる雷撃がコマンドドラゴンの息の根を止めていた。

「次！」

休む間もなく右から襲いかかってくるコマンドドラゴンを横払いの攻撃で薙《な》ぐ。電撃にのたうちながら巨大な体が浜に沈むのを見届けることもなく、次の攻撃に備えた。と、そのとき……背中に感じたのはシエラさんの背中だった。

「ははっ、レニー君、ちゃんと動けているじゃないか！」

「これもシエラさんとの特訓のおかげですね」

互いに背中を合わせながら僕らは呼吸を整えた。

「まさか本当にレニー君と背中を合わせて戦うことになるとはな」

背中合わせだからシエラさんの表情は見えない。だけど、シエラさんはやけに弾んだ声を出しているような気がした。

僕たちは再びコマンドドラゴンへと襲いかかる。ダガピアは対人戦闘術だけど、基本の足さばきなどは応用が利《き》くものだ。モーニングスターと蹴《け》り技をその場で融合させて魔物に対抗した。そして一体、また一体と魔物の死体を積み重ね、ついにすべてのコマンドドラゴンを排除することに成功した。

折り重なるコマンドドラゴンの死体を放心状態で眺めていたら、シエラさんの厳しい声が僕たちを叱咤《しった》した。

「すぐに撤退するぞ。レニー君、この木箱を持って船へ。私が殿《しんがり》をつとめる」

「そんな、もうちょっと拾っていこうぜ！」

フィオナさんが不満を漏らしたけど、僕は翡電石で半分ほど埋まった木箱を抱えて桟橋に足をかけた。

「フィオナさん早く。ミーナさんの魔力は空っぽなんです」

「その通りだ。我々の消耗も自覚する以上に激しい」

二人で説得するとフィオナさんもすぐに自分の木箱を持って船へと移動した。

全員が船へ乗り込むと、魔法で作り出された氷の橋は砕けて海へと沈んだ。

「ミーナさん、大丈夫ですか？」

「うん。またまた魔力切れで動けなくなっちゃったけどね」

ミーナさんは力なく甲板に座り込んでいる。

「すごく助かりました。とにかく船室に入りましょう。失礼します」

動けなくなっているミーナさんの体の下に手を入れて持ち上げる。

「えっ？」「なっ……」「ひゅ〜」

「緊急時だからごめんなさい。キャビンのソファーまで運びます」

「レニー君……ありがと」

ミーナさんをデッキに置いたまま発進はできない。

「機銃で敵を掃射したうえにお姫様抱っこだと？　ミーナの奴《やつ》……」

「次は私も射撃手をやろうかな。まあ、私は抱かれるより抱きたいタイプだけどね」

「フィオナ！　破廉恥《はれんち》なことを言うんじゃない」

「おっと、シエラのアネキは素直じゃないねぇ」

後ろの方でフィオナさんがシエラさんに何やら叱られていた。

海岸からはわずかにしか離れていないので、島の魔物が襲ってくる恐れもある。僕は即座にクルーザーを動かしたが、幸いにも海へ飛び込んでこちらに攻撃を仕掛けてくるような魔物はいなかった。

沖合1kmくらいのところで船を停泊させた。これでようやく一息つける。

「どうする？　強行すればもうワンチャンあるんじゃないか？」

翡電石の入った木箱を横目で見ながらフィオナさんが提案してきた。

「私は反対だ。今の戦闘で他の魔物が起きだしているかもしれないし、ミーナの魔力も回復していない」

フィオナさんの意見もわかる。一〇分もあれば木箱一つ分の翡電石が回収できるのだ。せっかくこんなところまで来たのだから、なるべくたくさんの石を持ち帰りたいと考えるのはもっともだろう。

一方で経験に基づいたシエラさんの考え方も尊重されるべきだと思った。僕たちは万全ではないのだ。ミーナさんはもう機銃を撃てない。代わりにフィオナさんが撃つとしても、石を集めるのは僕とシエラさんだけになってしまう。

シエラさんとフィオナさんがじっと僕を見つめてきた。船長である僕の意見を聞きたいのだろう。

「少しだけ待ってください。ちょっと確認したいことがあります」

僕は念のためにステータス画面を開いた。戦闘が始まってから二回もレベルは上昇している。この場で役に立つものが召喚できるようになっているかもしれない。

名前　レニー・カガミ
年齢　13歳
ＭＰ　４０５８
職業　船長（Lv.13）
所有スキル「気象予測」「ダガピア」
走行距離　１７２０km　討伐ポイント　３１２８５　トータルポイント　３３００５

新所有船舶　■水陸両用・小型装甲兵員輸送船　全長４・９ｍ　全幅１・９２ｍ
水密処理を施した水上、陸上ともに走行が可能な車両であり船。上陸強襲作戦に使用されることが多い。
５２５馬力魔導エンジン搭載（およそ１８０ＭＰで１時間の運用が可能）
魔力チャージ４５００ＭＰ
陸上移動　最高時速70km／水上移動　最高時速17km
魔導重機関銃（１発につき４ＭＰ消費）
魔導グレネード（１発につき50ＭＰ消費　※75ｍ未満の射距離の場合、射手が負傷する可能性あり）

船長の固有スキル「地理情報」を会得。半径10㎞以内の地理情報を自動的に把握できる。


また、とんでもないスキルと船を手に入れてしまったぞ。でもこれ船？　ステータス画面の画像では大きな車輪が六つもついていて、馬車とも船ともつかない姿をしている。ごつごつとした鋼の外観は動く砦《とりで》のようだ。

そしてこの武装……。またシエラさんがおかしくなってしまいそうで心配だ。普段は真面目《まじめ》で素敵なお姉さんなのに、機銃を見ただけで呼吸が荒くなって、顔が上気してしまうんだもん。ましてや、これは現行の機銃よりもパワーアップされているらしい。しかも今回はグレネードなんていうとんでもないモノも標準で装備されている。大丈夫かな？

でも、この船があればスベッチ島へ再上陸して翡電石を採ってくることだって可能かもしれない。船で直接海岸に上がれれば、石を運ぶ手間はずっと減る。撤収するときだって後部ハッチからすぐに乗れて、攻撃を加えながら海に逃げることも可能だ。

僕はステータス画面を閉じて三人のお姉さんに向き合った。

「結論から言います。僕はもう一度島へ行って翡電石を採ってきたいと考えます」

「やっぱりレニーは男の子だな。こうなったら二人ででも――」

「何か考えがあるんだね」

はしゃぐフィオナさんの口を塞《ふさ》ぎながらシエラさんがじっと僕を見つめる。

「さっきの戦闘で僕のレベルが上がって、新しい船を召喚できるようになりました。それを使えばより安全に石を採れます」

「それはどんな船なんだい？」

「小型装甲兵員輸送船といいます」

僕が船の種類を言っただけでシエラさんの口が半開きになった。そして、どういうわけか色っぽいため息が漏れる。

「んっ……そうこう……へいいんゆそう……。名前を聞いただけでトキメキが止まらないぞっ！」

お医者様はいませんか⁉　急患です！

「シエラさん、落ち着いてください！」

戦闘の要はシエラさんだから、この状態ではとても再上陸は無理だ。

「はっ⁉　す、すまない。琴線に触れる単語の羅列で少々トリップしていたようだ。もう大丈夫だから説明を続けてくれ……」

やや前のめりで僕に説明を促すシエラさんはちょっとだけ怖かったけど、小型装甲兵員輸送船を使用しての作戦を提案してみた。

「つまり、船に乗ったまま上陸できる、とこういうことかい？」

「とんでもない魔道具だな。ぜひ分解してみたいぜ」

「この船なら比較的安全に翡電石を集められると思うのです」

シエラさんは僕の作戦を聞いて深く物思いに沈んだ。先ほどの興奮はもう収まっているみたいだ。

「レニー君、その船に機銃の換装は可能かい？」

うっ、まずい……。だけど、こちらの戦力についての情報はすべて伝えなければならない。シエラさんは上陸時の隊長なんだから。

「換装も可能ですが、最初から魔導重機関銃と魔導グレネードという武装が搭載されています」

「ほう……」

思ったよりも反応が薄い……？　さすがのシエラさんも武器に慣れて平静を保てるようになってきたようだ。

「気をつけなくてはならないのですが、重機関銃はこれまでの機銃よりも威力が上がった分、ＭＰ消費が2倍になっています。グレネードは爆裂魔法と同じ効果がある武器だと考えてください」

「へ、へえ～……」

シエラさんは視線を逸《そ》らして横を向いている。まるで、武装については考えないようにしているみたいだ。代わりにフィオナさんがいろいろと質問してきた。

「そのグレネードってのも、魔力さえあれば誰《だれ》でも使用できるのかい？」

「はい。一発で消費されるＭＰは50かかりますけど」

「威力は？」

「有効射程距離は１６００ｍで、弾着地点から半径15ｍ以内の魔物を殺傷する能力があります」

直径30ｍある円の中にいる魔物を範囲攻撃できるわけだ。騎士が使う爆裂魔法そのものといっても差し支えない。

「おっそろしい武器だな。連射速度はどんくらいなんだ？」

「理論的には一分間に三〇〇発撃てるそうです」

「ひょえ〜〜……」

実際は狙《ねら》いをつけなくてはいけないし、ＭＰが追い付かないからそんな連射はできないだろう。

僕もレベル13になって魔力保有量は４０５８まで上がっているけど、グレネードなら八一発の連射が限界だ。……それでも圧倒的な気はするけど。

「シエラさん、どうでしょうか。装甲兵員輸送船があれば、再上陸は可能だと思うのですが」

「それは……し、失礼する」

それまで黙って話を聞いていたシエラさんは、突然立ち上がってトイレへと駆け込んでしまった。

おとなしいと思ったらトイレを我慢していたの？　だけど、トイレから聞こえてくるのは苦し気な喘《あえ》ぎ声だ。

「オッ……オエェェエッ！」

「まさか、シエラさん具合が⁉」

慌てて様子を見にいこうとした僕をフィオナさんが止めた。

「落ち着けレニー」

「だってシエラさんが！」

「興奮しすぎて吐き気をもよおしただけじゃね？」

あっ……、妙に納得。

一分もかからないうちにシエラさんは戻ってきたけど、その姿はいつもと変わらない凛々《りり》しさに溢《あふ》れている。目だけがちょっと充血していたけど……。

「お待たせした。一人でゆっくり考えてみたが、レニー君の案を私も支持するとしよう」

シエラさんは何事もなかったかのように振る舞った。僕らもそ知らぬふりで頷《うなず》く。シャングリラ号の仲間《クルー》は優しい人ばかりだった。


クルーザーのアラームが時間の到来を告げた。いよいよ作戦開始は間近だ。操縦席までやってきたミーナさんが心配そうに僕の顔を覗《のぞ》き込む。

「少しは眠れた？」

「少しだけ。ミーナさんは大丈夫ですか？」

「魔力の回復はまだだけど、動くのに支障はないわ。石を拾うくらい平気よ。はい、ミルクティーを飲んでおきなさい」

ミーナさんの渡してくれたミルクティーは砂糖がたっぷり入っていて甘かった。ミルクで茶葉を直接煮だしているので濃厚な味がする。

「元気が湧《わ》いてきます」

「もう少しだから頑張りましょうね！」

ミーナさんの優しい笑顔はいつだって僕の心の支えだ。

「レニー君、こちらの準備は整っている。いつでも行けるぞ」

瞑想《めいそう》をしながら魔力の回復に努めてきたシエラさんも部屋から上がってきた。

「私の準備もできてるよ」

フィオナさんも自作の魔道具で身を固めている。

「それではそろそろ出発しましょうか」

地理情報で確認したけど動いている魔物もいなそうだ。僕らは荷物を纏《まと》めて甲板に出た。


シエラさんが呪文《じゅもん》を唱えて魔法陣を展開させると、海の上に大きな氷の床が現れた。

「いいぞ。全員乗っても沈むことはない」

僕らは次々と船から氷へと飛び移る。全員が下船したところで、クルーザーは送還した。

「では、行きますよ。召喚、小型装甲兵員輸送船！」

現れたのはゴツゴツとした鋼の船だ。クルーザーのような優美さはないけど、堅牢《けんろう》なオリーブグリーンのボディーが安心感を与えてくれる。

「これが装甲兵員輸送船……」

呆然《ぼうぜん》とするシエラさんが正気を失わないように声をかけた。

「時間がありません。乗ってください！」

「心得た！」

我に返ったシエラさんが船に飛び乗り……興奮を自制するようにそろそろと銃塔に座った。事前の打ち合わせで砲撃手は魔力保有量が一番多いシエラさんと決めてある。決めてあるけど……銃塔で身悶《みもだ》えるのはやめませんか？　とっても不安になります。

「シエラさん大丈夫ですか？」

「もちろん大丈夫だとも。グレネードの連射準備はできているさっ！」

「グレネードはなるべく使わないって言ったじゃないですか！」

機銃と違って爆発音が大きいのだ。離れた場所にいる魔物を呼び寄せてしまう恐れがある。

「そ、そうだったな。わかっている。退却時のやむを得ないときだけグレネードを使うんだよな。大丈夫さ！」

心配は尽きなかったけど、僕らは上部ハッチから船内へと入った。


車輪が海底の石を噛《か》み、船体が大きく揺れた。それまではふわりとした船の操縦だったのだが、途端にハンドルの感触が変わる。岸までの距離は15m。アクセルを踏み込んで一気に海岸までかけ上がった。

「敵影なし！　作業を開始してくれ」

シエラさんの声に後部ハッチを開けて海岸へと躍り出る。先ほどとは違う海岸だけど、ここにも翡電石は山のように落ちていた。僕らは手当たり次第に石を箱に詰めていく。

シュゥッシュゥッシュゥッシュゥッ！

機銃の発射音？

「問題ない。敵は排除した。みんなは作業を続けてくれ。ククク」

シエラさんが見張っているから安心なはずなんだけど、どうにも落ち着かない気持ちになってしまう。だって、あの凛々しいシエラさんが口は半開きで、ときどき蕩《とろ》けそうな顔をしているんだもん……。でも、すぐに獲物を狙《ねら》う鷹《たか》のような目に戻っているから大丈夫なのかな？

「レニー、それで何箱目だ？」

袖《そで》で額の汗を拭《ふ》きながらフィオナさんが聞いてくる。

「前回のも合わせて五箱目です。だいぶ集まりましたね」

「この調子で行けばまだまだ集められるな」

それは魔物次第だろう。さっきからシエラさんが散発的に現れる魔物を片っ端から排除してくれているけど、今のところ群れでの襲撃はない。この調子ならもう少しは集められそうだ。

「レニー君、木箱がなくなっちゃったよ」

用意していた箱はすべて翡電石で埋まってしまったと、ミーナさんが伝えてきた。

「輸送船の床に転がしちまおうぜ。この船は頑丈そうだからそれでもいいだろう？」

「足をとられないように気をつけてくださいよ」

「ここは儲《もう》け優先ってことで」

「ミーナさん、聞いての通りです」

「はーい。じゃあ端の方にあけちゃうよ」

そのあともせっせこ、せっせこ石を拾い、八箱分を集め終わったころだった。

地理情報に反応があり、僕はとっさにシエラさんを振り返る。

「諸君、パーティーの始まりだぞ！　船に乗りたまえ！」

やけに嬉《うれ》しそうな声でシエラさんが魔物の襲来を告げた。大軍が押し寄せてきたようだ。僕らは
頷き合って輸送船へと飛び乗る。と同時に銃塔から魔導グレネードが発射された。

ズドォーーン
腹に響く爆発音とともに海岸の一部が吹き飛んでいた。

「はうっ！」

シエラさんがよくわからない感動の呻《うめ》きを漏らしている。そして――。

ズドォーーン、ズドォーーン、ズドォーーン、ズドォーーン！

響き渡る連続した爆発音。舞い上がる爆炎と土煙。

「はうっ！　あうっ！　みゃうっ！　あいんっ！」

一発撃つごとに上がる騎士様による不可解な感嘆詞の連続。戦場はカオスに包まれた。混乱を振
り払うように僕は大声で叫ぶ。

「出しますよ！　みなさん、掴《つか》まっていてください！」

ギアを入れて海へ向かって船を走らせる。船はそのまま水をかき分けて進み、ある瞬間にふわり
と操縦の感触が変わる。そう、輸送車が輸送船へと戻ったのだ。

（レベルが上がりました）

あっ、また。

砲撃はまだ続いていたけど、爆音は次第に遠ざかっていった。

◆○◆○◆

カモメの鳴き声で目を覚ました。時刻は正午を回っている。昨晩はスベッチ島を離脱した後、そのままルギア港まで戻ってきた。僕はそれまで一睡もしていなかったので、明け方の港に到着するやいなや船長室のベッドで眠り込んでしまい、この時間まで起きられなかったのだ。ちなみに僕のステータスはこんな感じになっている。

名前　レニー・カガミ
年齢　13歳
ＭＰ　４９７２
職業　船長（Lv.14）
所有スキル「気象予測」「ダガピア」「地理情報」
走行距離　１８１１km　討伐ポイント　７４１０５　トータルポイント　７５９１６

レベルアップに伴いオプションを選べます。
a．ブーム式小型クレーン
b．所有船舶付属用、ゴムボート（20馬力船外機付き）

久しぶりのオプション選択だ。aは輸送船などに取り付けられるクレーンという機械である。これがあれば荷の積み下ろしはとても楽になるし、船や馬車などを引っ張ることもできる。壊れた船の救難活動をするときや、海賊船などを鹵獲《ろかく》したときにも役立ちそうだ。

bはbで捨てがたい。小型のゴムボートながら、他の船舶の付属物として同時召喚ができるというのが魅力だ。クルーとの別行動が可能だし、乗り換えのときにも便利だ。たとえば、今回はクルーザーから輸送船への乗り換えにはシエラさんの氷を使った。

でも、いつもシエラさんがいてくれるとは限らない。小型ゴムボートがあれば、船から船への乗り換えが可能になる。それに、海上で船を保守点検する、上陸用として使うなど用途はたくさんありそうだ。

いつも通りすごく迷ったけど、僕は結局aのクレーンを選んだ。船外機付きのゴムボートというのは無理だけど、船に搭載する小型ボートならこの世界でも購入は可能だ。どうしても必要な場合はそれらを買って代用すればいいと考えたからだ。

シャワーを浴びてリビングに上がっていくと、他のクルーは全員起きていてお昼ご飯を食べていた。

「おはようレニー君。もう大丈夫なの？」

ミーナさんが魚介を使ったスープを出してくれた。香草と白ワインの香りが食欲をそそるスープで、真ん中には荒く潰《つぶ》したマッシュポテトが盛られている。

「おかげさまで頭はスッキリしていますよ。これを食べたら予定通りハイネルケへ戻りましょう」

集めた翡電石は木箱八箱分もある。一箱は情報をくれたフィオナさんの取り分。残りの七箱がシャングリラ号のものと決まっている。僕らが翡電石を持っていても役には立たないので、すべて売《う》り捌《さば》いてしまうことにした。

「ルギアで売るよりはハイネルケで売った方が儲かるんじゃね？　小売価格も王都の方が若干高いみたいだぜ」

フィオナさんは魔道具師だけあって翡電石の小売価格には敏感だ。その案を採用してハイネルケで卸すとしよう。

販売先はいつも通りニーグリッド商会でいいか。翡電石の価格は高騰しているらしいからいい儲けになりそうだ。まとまったお金が手に入ったら船の備品を買い、魔石も大量購入して新たな旅の準備をしよう。

「レニー君、市場で買い物をしてから帰りましょうよ。外国の果物とかコーヒー豆、またキャヴィータを仕入れるのもいいわね」

ミーナさんの提案で珍しいお酒や食材をたっぷり買い込んで、僕らはルギア港からハイネルケを目指した。

第六章　カガミゼネラルカンパニー

自動推進装置がついた乗り物というのは、ロストマジックテクノロジーであった。そのほとんどは失われた重力魔法が応用された物であり、現在においては書物の中にしか存在を確認できない。現存するゴーレムも、今日《こんにち》では誰《だれ》も読めない古代魔法言語で作られており、その秘密は依然闇の中である。このような状況において、現代魔法の応用で開発された魔導エンジンは画期的なものだった。フィオナ・ロックウェル、レニー・カガミの両名が開発したツーストロークエンジンは後の世に技術的・産業的な革命を起こしていく。

（『ハイネーン産業技術史』より）

ハイネルケへ戻った翌日、僕は一人でニーグリッド商会へ向かった。いつもの大柄な警備員さんが今日もひきつった笑顔で扉を開けてくれる。一見怖そうな人だけど、日々笑顔がステキになってきている気がした。

エントランスホールへ入るとすぐに職員さんが僕のところにやってきてくれた。

「ようこそお越しくださいました、カガミ様。本日はどういったご用件でしょうか？」

「翡電石《ひでんせき》の買い取りをお願いします。担当の方を呼んでいただけますか？」

「承知いたしました。すぐに伺わせますので応接室でお待ちください」

僕は立派な応接室に通されて、紅茶とお菓子をご馳走《ちそう》になった。考えてみれば初めてここに来たときとは待遇がまったく違っている。紅茶を一口すすり、ホッと一息ついていると、二口目を飲む前に書類を手にした職員さんがやってきた。

「お待たせいたしました、カガミ様。本日は翡電石の買い取り依頼だそうですね」

「はい。ちょうど仕入れることができましたので」

「量はどれくらいですか？」

「だいたい200kgくらいです」

石の量を教えると、職員さんの顔色が変わった。

「なかなかの量ですね。翡電石は北のウクレナが産出国として有名ですが、生産量は非常に少ない希少石です。それだけまとまった量が輸入されることは滅多にありません……」

職員さんは探るような目つきで僕を見つめてきた。

「カガミ様はそれをどこで？」

それこそ言えるわけがない。スベッチ島のことは秘密にしておくと、フィオナさんと約束してあるのだ。

「それは内緒です。買い取りが無理なようなら他を当たりますけど……」

「いえいえ、ご心配には及びません。すべてニーグリッド商会で買い取らせていただきます」

細かいことには目をつぶってくれるようだ。

「それでは現物を確認させていただきたいのですが、ものは船の中ですか？」

「はい。まだ荷下ろしはしていません」

「でしたら港へまいりましょう。お時間の都合は大丈夫ですか？」

翡電石はすべて積み替えて、輸送船の中に入れっぱなしだ。わざわざ港へ行く必要はない。あれは他の船と違って地上で召喚しても倒れてしまうことはないからね。

「どこか広い場所があればすぐにお見せできますよ」

「広い場所？」

「はい、馬車が停《と》められるくらいの」

「はあ……」

僕と職員さんはニーグリッド商会の裏路地にやってきた。馬車同士がすれ違えないほど細い路地だけど、輸送船を置くくらいの幅はある。

「それじゃあいきますよ。召喚、小型装甲兵員輸送船！」

路地の入り口を塞《ふさ》ぐようにして、オリーブグリーンの船体が姿を現した。

「うえあっ⁉」

現れた輸送船に職員さんは意味不明な驚嘆の声を上げてしまう。

「どうぞ確認してください」

床に散乱していた翡電石はフィオナさんの工房で重さを量って、きちんと木箱に詰め替えてある。

「は、はい……」

「どうですか？　全部本物の翡電石ですよ」

最初は船に驚いていた職員さんだったけど、すぐに我に返って書類に何かを書き込みながら、すべての箱を丹念にチェックしていた。

「問題はなさそうですね。あとはニーグリッド商会の倉庫で査定をしてお買い取りという流れになります」

倉庫は港の一等地である第一区画だったな。

「でしたら、このまま倉庫へ行ってしまいましょう」

「このまま？」

「それくらいサービスしますすよ。乗ってください」

職員さんと一緒に倉庫へ行けば仕事はスムーズにいくはずだ。

「乗り心地のいい船じゃないですけど、こちらのシートへ座ってください」

エンジンをかけると職員さんは唖然《あぜん》とした顔で聞いてきた。

「もしかしてこれ、動くんですか？」

「はい」

「馬もないのに？」

ゆっくりとアクセルを踏み込んで裏路地を抜けた。大通りでもうまく馬車の車列に乗ることができている。船長のジョブスキルのおかげで陸上の運転も上手にこなせるようだ。職員さんは窓に額をくっつけて外の景色《けしき》を眺めていた。

「カガミ様……」

興奮した様子の職員さんがぼそりと呟《つぶや》いた。

「ニーグリッド商会にこの船を売っていただくことはできませんか？」

「残念ながらそれは無理なんです」

以前、ルネルナさんにもした説明を僕は繰り返した。


倉庫で翡電石を納品すると、僕はしばらく待たされた。そうはいっても特別待遇で査定は特急でやってもらっているので、港をブラブラと一周して戻ってきたら査定は終了していた。

「お待たせいたしました、カガミ様。こちらをご確認ください」

職員さんは査定の詳細が書かれた書類を僕に渡してくる。どれどれ、最終買い取り価格はいくらになったかな……えっ⁉　僕は見間違いかと思ってもう一度数を数えなおす。３５２万３４００ジェニー……。とんでもない額の数字が並んでいた。金貨三五二枚！　いったいどれくらいの重さになるんだろう……。

契約は無事に終わり、僕は受取証だけ貰《もら》った。これがあればニーグリッド商会の系列銀行でいつでも現金に引き換えることが可能だ。

「それにしても先ほどの船というか馬車、あれがあったらいろいろと便利そうですよね」

職員さんは嬉《うれ》しそうに話している。その瞳《ひとみ》はやけに子どもっぽくて、僕はなんだか親近感を覚えてしまった。

「自動で走る車だから自動車とでもいうんですかね？　そんなものが大量に出回れば流通に革命が起きますよ」

たしかにこんな輸送船があれば、海から陸へ荷物を運ぶのも簡単かもしれない。もっとも交易は大型船で行うのが普通だから、巨大な船が陸上を走るのは無理だと思うけどね。あっ、港で船から自動車へ荷物を積み替えればいいだけか……。職員さんをニーグリッド商会へ送り届けて、みんなが待っている大鷲《おおわし》城へと戻った。

輸送船で城門を抜けると、前庭の練兵場にいた騎士たちが騒然となった。いつも馬車が通っていたから輸送船で入ってもいいと思ったんだけど、まずかったかな？

「レニー君！」

船から降りた僕にシェーンコップ団長が鼻息も荒く近づいてきた。

「ごめんなさい。馬車と同じ感覚でついこれで乗り付けてしまいましたけど、まずかったですか？」

「そんなことはどうでもいい。それよりもこれが噂《うわさ》の小型装甲兵員輸送船だね！　さっきからシエラが熱く語るもんだから、実物を見たいとみんなで待っていたんだよ」

団長だけではなく騎士のみなさんが全員キラキラと目を輝かせながら輸送船を取り囲んでいた。

「レニー君、私たちを乗せてはもらえないだろうか？」

「もちろんですよ！　どうぞこちらから乗ってください」

「よぉし、ルマンド騎士団、搭乗しろっ！」

シェーンコップ団長の掛け声に騎士たちが一斉に詰めかけてきた。

「ええっ⁉　そんなにたくさん……」

騎士たちは押し合いへし合いしながらグイグイと船の中に体を押し込んでいく。

「私は銃塔とやらに座らせてもらうとするか」

団長はひらりと身を翻し、船の屋根へと飛び乗った。念のために注意しておくか。

「絶対に発砲しないでくださいよ！」

「………もちろんさ！」

微妙な間があったけど大丈夫かな？　狭い船内になんと二一人もの騎士が乗り込んでいた。しかも、屋根の上にはさらに七人が乗っている。

「それでは走らせますよ」

「おう。ルマンド騎士団、前進！」

大鷲城の周囲を少しだけドライブしてあげた。

城に戻ってくると団長は僕の両肩を掴《つか》んで懇願した。

「やっぱり、ルマンド騎士団に入団しないか？　今なら幹部候補の特別待遇、三食お昼寝はもちろん、従者は選び放題の特典付きだぞ！」

「その話はやっぱり……。協力は惜しみませんから」

にこやかに提案するとシェーンコップ団長は長いため息をついた。

「はぁ～……、やっぱりダメか。せめて、この輸送船があったらなぁ……」

団長はがっくりと肩を落として行ってしまった。ちょっと心が痛むけど、これぱっかりはどうしようもない。

「よお、レニー！　シスターキラーなだけじゃなくて、今度はマダムキラーかい？　あんまり女を泣かせるなよ」

陽気な声がすると思ったらフィオナさんだった。

「またへんな冗談を言って……。シェーンコップ団長は輸送船を欲しがっていただけですよ」

「ああ、こいつか」

フィオナさんが手にしたドライバーで小さく輸送船を叩《たた》いた。

「そういうことです。あっ、分解はダメですからね」

「ん～、そのことなんだけどな……。真面目《まじめ》な話、少しだけでいいから、こいつの構造を見せてくんないか？」

「ええ～……」

「あからさまに嫌な顔をするなよ。私にちょっと考えがあるんだ」

「考えって……、どうせ分解して構造を調べたいだけでしょう？」

「ああ。そして、自走する車を作ろうと思うんだ」

「えっ？」

「レニー、私に投資してみないか？」

フィオナさんがニッと笑って、ドライバーがクルクルと回った。フィオナさんは輸送船を見て、自走する車、つまり自動車を作りだすことを考えついたそうだ。

「そんなことできるんですか？」

「もちろんさ。前から考えていたことではあったんだ。魔力を使った乗り物ってやつをね」

「空飛ぶ箒《ほうき》とか、絨毯《じゆうたん》とか？」

「あれは失われた重力魔法を使った古代の遺物だ。ロストテクノロジーの解析はとっくに諦《あきら》めているさ。そういうのはアカデミーの爺《じい》さん方の仕事だよ。あたしゃインテリじゃなくて単なる魔道具師だからね」

「僕にとってはどちらも尊敬の対象ですけど……」

「お姉さんを口説く気かい？　それも嬉しいけど今は仕事の話さね」

フィオナさんは自分が考えている魔導エンジンについて教えてくれた。

「おそらくだけど、レニーの船についている魔導エンジンは魔力を直接力学的エネルギーに変換しているんだと思う。だけどそれはとんでもないことなんだ」

「とんでもないこと？」

「この世界のどこを探してもそんな魔道具はない。古代のロストテクノロジーの中にわずかに存在しているだけさ」

特殊なゴーレムなどがこれにあたるらしい。

「フィオナさんは失われた技術を復活させる気ですか？」

「いや、さっきも言ったけどそいつは無理ってもんさ。私はちょっと腕がいいだけの普通の魔道具師だもん。そこまでの天才じゃない。だけどね、いいことを思いついちまったのさ」

「いいこと？」

「ああ。私が思いついたのは火炎魔法を使った魔導エンジンさ。要は熱エネルギーをピストンの往復運動に変換して、回転運動にするって機構なんだけど、わかるかい？」

「ちょっと想像がつきません」

「つまりだな……」

フィオナさんは練兵場の土に棒で図を描いて説明してくれた。

「つまり密閉容器の中で火炎魔法を使うと空気が膨張する、その膨張を利用して回転運動を得るのですね」

「その通りだ。レニーは頭がいいな。このエンジンが出来上がれば自動車だけでなく船にだって応用は利《き》く。絶対に大儲《おおもう》けできるってことさ」

フィオナさんの話は本当に面白そうな試みに聞こえた。

「わかりました。フィオナさんに投資しますよ」

「ずいぶんとあっさり決めてくれたな」

「まあ、実は翡電石の買い取りが全部で352万3400ジェニーになったんです」

「ぶっ！　高騰しているとは聞いていたが、まさかそんな値段がつくとはな……」

「だから資金の方は潤沢なんです。当面はエネルギー源である魔石が買えれば大丈夫ですから」

あとはパル村に寄付するお金と、カサックで売るワインを仕入れるお金があればいい。

「とりあえず200万くらいあればいいですか？」

「それだけあれば開発費としてはじゅうぶんだけど……いいのかい？　簡単にアタシを信用して」

フィオナさんとは出会ったばかりだけど、ともに死線を潜《くぐ》り抜けた冒険仲間でもある。今回の翡電石の儲けだって、フィオナさんの協力なしには得られなかったものだ。

「いいですよ。僕はフィオナさんを信じます。それにフィオナさんの作る魔導エンジンにはロマンを感じますから」

「レニー！　やっぱりアンタは男の子だね」

フィオナさんが僕の首を腕でロックしてぐりぐりしてきた。

「ちょっ……やめ……」

「レニー、ついでにエンジンの分解なんだけどさ。ねえ、お願いだよぉ……」

投資する以上はある程度の犠牲はやむを得ないか……。

「わかったから放してください」

僕は輸送船を送還して、4馬力船外機を積んだローボートを召喚した。オプションの10馬力は外して、出力の小さい4馬力に付け替えてある。最悪、これなら壊れても諦めはつく。

「このエンジンなら分解してもいいです。ただし期間は今日と明日だけですよ。明後日《あさって》には騎士団の方々をカサック方面へ送らないといけませんからね」

船の同時召喚は無理なので、ローボートをだしている間はクルーザーが呼べなくなってしまうのだ。

「いいよ、いいよ。今日から徹夜で解体するから。そうと決まれば善は急げだ。レニー、この船を私の工房で召喚してくれないかな」

フィオナさんには敵わないな。なんだかんだで結局分解を許すことになっちゃった。でも、自作の魔導エンジンなんて本当に夢のある話だと思う。

「わかりました。工房まで送っていきますから輸送船に乗ってください」

輸送船を再召喚して、フィオナさんを工房へ送り届けた。

◆○◆○◆

フィオナさんに船を預けている間は出航もできず、僕は騎士団に混じって訓練をしたり、ミーナさんと必需品の買い出しなんかをして過ごした。カサックで売るためのワインも買い忘れない。そんな感じで二日間が瞬く間に過ぎ、ついに出航の日がやってきた。

今回運ぶのは騎士一五名とその家族七名だ。ほとんどは独身者だけど、奥さんや夫を連れて任地へ向かう人もいた。出航間近の桟橋で、見送りに来たシェーンコップ団長が僕に白い包みを差し出してくる。

「レニー君、これを君にプレゼントするよ。私たちからの感謝の気持ちだと思ってくれ」

団長がくれたのは白地のマントで、中央には大鷲の紋章がついている。

「これはルマンド騎士団のマントじゃないですか？　どうして……」

「今日から君もルマンド騎士団の名誉団員だ。騎士たちを無事に任地へ送り届けてやってくれ」

「よろしくな、レニー」

「頼むぜ、船長」

騎士たちが次々と僕に声をかけてくれる。それだけで僕は嬉しくなってしまった。団長は自らの手でマントを着せてくれ、金属製のエンブレムで前を留めてくれた。

「なかなか似合っているじゃないか」

「ありがとうございます。皆さんのことはどうぞお任せください。必ず最寄りの港へ送り届けますので」

「よろしく頼む」

がっちりとした団長の手が僕の小さな手をぎゅっと握った。

港には大勢の見送りが詰めかけていた。涙を流す人、笑顔で見送る人、手を振って叫ぶ人とそれぞれだけど、どの顔にも悲しみが色濃く出ている。

人の旅立ちっていうのはそういうものなのかもしれない。だからこそ僕は思うんだ。いつか僕は今日旅立つ人々を乗せて、このハイネルケへ帰港したいって。出迎えの人々が浮かべる喜びの顔に思いを馳《は》せながら、僕はハイネルケの港を出航した。

セミッタ川の遡上《そじょう》を開始した僕らは最初の寄港地であるミラルダを目指した。ハイネルケ―ミラ

ルダ間の距離はおよそ320㎞。九時間弱の航行時間を予定している。ミラルダでは五人の騎士が下船する予定だ。

「レニー君、疲れてはいないかい？　操船を代わるよ」

飲み物を持ったシエラさんが操縦席まで来てくれた。スベッチ島へ行ったときから講習しているので、シエラさんの操船技術はしばらく舵《かじ》を任せられるくらいに上がっている。今回の旅にはシエラさんとミーナさんの二人が同道してくれた。

フィオナさんもカサックを見てみたいと言っていたけど、魔導エンジンの開発を優先してハイネルケへ残っている。僕が渡した4馬力エンジンを分解して、構造がだいぶ理解できたそうだ。今のうちにレポートをまとめたいと言っていた。

実は4馬力エンジンのローボートは今朝《けさ》方取りに行ったのだけど、その段階ではエンジンはバラバラの状態だった。元に戻す暇もなかったからそのまま送還を試みたんだけど、こちらは何とか上手くいった。もしも送還できなかったら騎士団を送るクルーザーが召喚できなかったわけで、思い返しても背筋が凍る。

フィオナさんは分解途中のエンジンを送還されて残念がっていたけど、続きはカサックから帰ってからにしてもらった。本当に元に戻るのかな？　かなり心配だけど、発明に犠牲はつきものなのかもしれない。フィオナさんは必ず元に戻すと言ってくれたから、今はそれを信じるとしよう。

初日はミラルダで一泊して、翌日も船の旅は続いた。途中で生まれ故郷のパル村に寄らせてもらったくらいで、今のところ大した事件は起きていない。

パル村では村長さんに復興支援金として30万ジェニーを預けた。このお金で村の共有財産として牛を何頭か買う予定だ。毎朝新鮮なミルクが飲めるというだけで餓死する人はいなくなる。僕の船がみんなの役に立つと考えると本当に嬉《うれ》しい。じいちゃんの墓参りをしてから旅を続けた。

「レニー君、そろそろカサックじゃないかい？」

船の舵を握ったシエラさんが少しだけ緊張した顔で話しかけてきた。フライングデッキの操縦席で、今日もシエラさんとミーナさんの操船実技講習を実施中だ。

「あと一時間くらいですね。どうです、操船には慣れましたか？」

「なんとかね。悔しいけど私よりもミーナの方が筋はいい。私は機銃を扱う方が性に合っているようだ」

「はは……」

たしかにミーナさんの方が繊細な扱いに長《た》けていて、船の接岸なんかはシエラさんより上手だ。だけど、シエラさんは度胸が据わっていて、ここぞというときの操船に迷いがない。これはこれで一つの長所だった。

「カサックまでの舵を任せても大丈夫ですか？」

「もちろんだ。ここからなら危険個所はもうないだろう？　私一人で何とかしてみせるさ」

シエラさんとミーナさんの操船技術が上がって、僕も楽をさせてもらえるようになった。

騎士たちは各地で下船していったので、今の乗客は五人だけだ。彼らもカサックから赴任地へと旅立っていく。どうやら今回の任務も無事に終わりそうだった。

「カサックに着いたらルネルナさんに会いにいこうと思ってます」

「君が行けばルネルナも喜ぶだろうな」

「実は、今後のことを相談するつもりなんです」

いろいろなことに使ってしまったけど、僕の手元にはまだ100万ジェニー以上の金貨が残っている。今の調子で仕事に励めば今後も継続的に収入はあるだろう。だったらそのお金をどのように活用するかが問題になる。それに魔導エンジンへの投資の話もある。そういったことをお金と商売のプロであるルネルナさんに聞いてみたかったのだ。

「じゃあ、ルネルナさんをクルーザーに招待して、夕食会を開きましょうか？」

ミーナさんの提案を受けてシエラさんも賛同した。

「フィオナの魔導エンジンのことはまだ余人に知られない方がいいだろう。その点ここなら秘密が漏れることはないからな」

ルネルナさんの都合次第だけど、僕らはクルーザーでの夕食会を楽しみに、残りの航路を進んだ。


カサックに到着して最後の騎士たちを見送ると、僕は積み荷のワインを売りにニーグリッド商会カサック支部を訪ねた。あいにくルネルナさんは不在だったけど手紙は預かってもらえたし、ワインも期待した通りの値段で売れている。しかも売り物じゃなかった品まで売れてちょっと困惑気味だ。

「いや～、まさか内陸のカサックで初物のキャヴィータが手に入るとは思っていませんでしたよ」

満面の笑みでしゃべっているのは積み荷のチェックに来た商会の職員さんだ。この人は、たまたまワイン樽《だる》の横に置いてあったキャヴィータの木箱を見つけて、買い取りを希望してきたのだ。ルギア港からカサックまでは８１０㎞も離れているので、わざわざ遡上してまでキャヴィータを運んでくる人は少ない。

珍しい品は高値で売れるようで、購入代金の３倍で売れてしまった。こんなことならもう一箱買っておいてもよかったな。騎士団からの報酬や積み荷を売った利益で４万９０００ジェニーくらいの収入になった。


僕がルネルナさんと再会できたのは翌日のことだった。夕方くらいになってボディーガードの面々を連れてルネルナさんはやってきた。

「なによ、なによ、なんなのよ⁉　この船、どうしたっていうの⁉」

相変わらずルネルナさんは元気いっぱいだ。そういえばルネルナさんはモーターボートしか知らないもんな。クルーザーだけじゃなくて輸送船や水上バイクなんかを見たらさらに大騒ぎしそうだ。

「僕の新しい船ですよ。お久しぶりです」

「レニー！」

「うわあっ⁉」

船に乗り込んできたルネルナさんにギュッと抱きしめられてしまった。そしてそのまま離してくれない。

「ちょっ、ちょっとルネルナさん！」

「久しぶりなんだから、恥ずかしがらずにお姉さんにハグされていなさい」

「そんなこと言われても……」

僕だって子どもじゃないんだから、やっぱり意識しちゃうよ……。

「お姉さん、ただいまって言うまで離さないんだから」

「嫌ですよ。恥ずかしい」

「も～かわいいんだからっ！」

「勘弁してください。ルネルナさんに相談したいことがあってお呼びしたんですよ！」

「相談したいこと？」

「儲けたお金をどうするかって話ですよ」

そう言うと、ルネルナさんの目がギラリと光り、スッと僕を離してくれた。現金なお姉さんだ。

「詳しく話してごらんなさい」

「それは夕食のときに。まずは船を案内します」

僕はルネルナさんをキャビンへと導いた。

夕飯はミーナさんが腕を振るい、ヒラメの白ワイン蒸しを作ってくれた。冷蔵庫って本当に便利だ。こんな内陸で海の幸が食べられるのだから。

「ヒラメなんて一年ぶりだわ。ご馳走様《ちそうさま》。とっても美味《おい》しかったわ」

ルネルナさんも満足してくれたようだから、わざわざルギア港から運んだ甲斐《かい》があったというものだ。デザートとコーヒーの用意が整うと、僕、ミーナさん、シエラさん、ルネルナさんは一つのテーブルを囲んで話し合いを始めた。

「――というわけで、翡電石を売ったお金が352万3400ジェニーになったんです」

ことの顛末《てんまつ》を話すとルネルナさんは大きなため息をついた。

「まったく、ハイリスク・ハイリターンのお手本みたいな荒稼ぎね」

「あはは……、夜行性の魔物はいないっていう話だったんですけどね……」

偽情報を流した張本人はこの場にはいない。

「それで、その352万をどういうふうに運用していくかって話よね」

「そうなんですが、すでに200万ジェニーは投資先が決まっていまして」

「どういうこと？」

「先ほど話したフィオナさんという魔道具師に投資することにしたんです」

「ええっ⁉　会社じゃなくて個人に投資をするの？」

「実は面白い話がありまして」

僕はフィオナさんが考えている魔導エンジンについて説明した。

「――と、いうわけで荒唐無稽《こうとうむけい》の夢物語ってわけではないと思うんです」

僕が説明をしている間、ルネルナさんは一言も口を挟まずに聞いていた。だけど、少しだけ顔が嬉しそうになっていたのを僕は見逃していない。

「ずいぶんと楽しそうな話だわ。ねえ、レニー。お姉ちゃんをフィオナって人に会わせてくれないかな？」

「どうしてルネルナさんが……」

「私も興味が出てきちゃったのよ。もしかしたら、この発明は世界に革命をもたらすかもしれないわ」

「やっぱり……。そういえばニーグリッド商会の人も、シェーンコップ団長も、みんな自動車を欲しがっていました。あの人たちにパトロンになってもらうという手もありますよね」

「ダメよ」

いい考えだと思ったけど、ルネルナさんはあっさりと否定してしまう。

「どうしてですか？」

「パトロンを得るってことは、それだけ彼らに利益を還元しなくてはならないから。本当に資金がないのならそれも一つの手だけど、レニーは独力で資金を稼ぐ力があるわ」

ルネルナさんが恐ろしいほど真剣な顔で僕を見つめてきた。

「レニー、貴方は社長になりなさい」

社長？　船長じゃなくて？

「私は貴方の秘書になるから」

「秘書って？　えっ？　ニーグリッド商会はどうするんですか？」

「辞めるわよ。私はカガミゼネラルカンパニーの社長秘書兼役員になるんですからね」

会社名まで決まっているんですか⁉　どうしよう……。じいちゃんは鍛冶屋《かじや》で勇者だった。僕は社長で船長さん？　それはそれでいいかな、なんて安易に考えている僕もいるわけで……。うん、会社を興《おこ》すのも面白そうだ！


カサック三日目の朝もシエラさんとの訓練で始まった。誰《だれ》もいない夜明けの広場で僕たちは汗を流す。今日はフィオナさんがくれたエルボーガードを左腕に装着して稽古《けいこ》をした。これはエンジンをバラバラにしてしまったことのお詫《わ》びとして貰《もら》った防具だ。

魔力伝導性の高い合金でできていて、練習次第ではここから魔法を繰り出すことも可能だそうだ。放出系の魔法は使えないけど、肘《ひじ》攻撃に火炎を纏《まと》わせるくらいなら僕でもできる。魔物相手の実戦でも役に立ってくれそうだ。

シエラさんが魔法防壁を張って身構えた。

「よし、いつでもいいぞ。攻撃してきたまえ」

「本当に大丈夫ですか？」

「騎士の防御力を侮らないでほしいな。それに間合いを覚えるためにも対人で練習した方がいい」

超近接戦闘ではナイフや拳《こぶし》が使えないことも多い。こんな時にダガピアでは肘や膝《ひざ》を使って攻撃する。関節技や絞め技もあるけど、短刀や魔法を使える相手だと反撃をくらう恐れもあるので出番は少ない。この肘攻撃に火炎魔法を追加して、攻撃力を高めるのが今日の訓練だ。

僕はまだ子どもで体重や筋肉量が少なく、どうしても一つ一つの打撃が軽くなってしまう。ピンポイントで急所を狙えればいいんだけど、魔物の急所ってどこがどこだかイマイチわからないんだよね。

そこで攻撃力を魔法で補う方法をシエラさんに教わっている最中だ。打撃と魔法が重なれば、魔物にだって通用する攻撃が放てるそうだ。

「いきます！」

高速でシエラさんの懐に飛び込み、ほとんど隙間《すきま》のない距離まで詰める。体と体が触れ合うほどのスタンス。この体勢に持ち込めれば攻撃は僕の独壇場だ。長剣を持ったシエラさんに為《な》す術はない。踏み込んだ勢いをそのままに、低い体勢から肘を上方に向かって振り上げる。インパクトの瞬間に合わせて火炎魔法を発動。燃焼音を響かせて燃えるエルボーがシエラさんのみぞおちに——。

ガッ！

剣の柄であっさり防御されちゃった。

「うん、いい踏み込みだが魔法の展開が早すぎるな。これでは敵に肘を使うとバレバレになってしまうぞ。まあ、それをフェイントとして使うというのも手ではあるが」

「瞬間的に魔法を出すことにはまだ慣れていなくて。なにかいい訓練方法はないですか？」

「そうだな、魔力循環の基礎練習が効果的かもしれない」

「魔力循環？」

「ああ。二人一組になって、手を繋《つな》いで、一緒に魔力を循環させる基礎トレーニングだ。私も子どもの頃《ころ》に父上とよくやったものだ」

騎士の家の子どもは幼い頃からこれをやって地力を高めていくそうだ。やり方はそれぞれの家で方法が違っていて、秘伝になっている場合もあるらしい。

「僕もやってみたかったですけど、秘伝だったらダメですよね」

「そんなことはない！　レニー君は私にとって弟にしたいというか、夫にしたいというか、息子にしたいというか……」

「はっ？」

「いやっ、何というか……そう！　家族みたいなもんだっ‼　家族だったら秘伝を伝えるくらいどうということはない。当たり前のことだろっ⁉」

よくわからないけど、シエラさんは僕のことを家族のように思っていてくれたんだ……。なんだか嬉《うれ》しくて涙が滲《にじ》んできちゃった。

「祖父が死んで天涯孤独になってしまったと思っていたけど、僕は幸運です。シエラさんみたいな人がそばにいてくれて」

「レニー君……よし、さっそく魔力循環の訓練を始めようじゃないか」

「はいっ！　どうすればいいですか？」

「最初に互いの手を繋い……で……」

「手を繋ぐんですね。これでいいですか？」

僕は目の前にあったシエラさんの手をとった。

「レニー君の手が……」

「あっ、両手とも繋いだ方がいいですか？」

「そ、そうだ。指と指を絡ませるように繋ぐと効果的だ。ほ、本当だぞ！　嘘《うそ》じゃないんだ！」

「嘘をついているなんて思ってませんよ」

シエラさんは何を動揺しているんだろう？　両方の手で指を交差させて手を繋ぐ。握り返してくるシエラさんの握力が強くてびっくりしたけど、強い方が効果があるのかもしれない。僕も負けないように手に力をこめた。

「こ、これは訓練なんだ。落ち着け、シエラ。レニー君の模範となる態度で臨まなくては……」

シエラさんは目を閉じてぼそぼそと何事かを呟《つぶや》いている。声がくぐもっていてよく聞こえないけど、きっと訓練のための詠唱を開始しているのだろう。僕は心を落ち着けながら、シエラさんの詠唱が終わるのを静かに待った。

◆○◆○◆

お店が開く時間になると僕らはルネルナさんと合流して商品を仕入れた。カサックで仕入れるものと言ったら、外国特産の銀食器と絨毯《じゅうたん》だ。北西の山脈をはるばる越えてもたらされる品は王都でも人気が高く、高値で卸すことができる。

「といっても、フラボアン地方の銀食器や絨毯なら何でも売れるってわけじゃないのよ。やっぱり流行しているデザインや、これから流行《はや》りそうな柄を選ばないとダメね」

その辺はセンスの問題になってしまうな。ルネルナさんやミーナさんはそういうのが得意なんだけど、僕やシエラさんは苦手だったりする。ルネルナさんは値段交渉も上手で、感心しどおしだ。

「すごいです。これだけのものが元値の八割で買えるなんて……」

「ふふふ、私はシャングリラ号の主計長ですからね」

主計長とは船の経理を司《つかさど》る役職だ。まさに不動のポジションって感じだよね。

「これをハイネルケで売ればそれなりの利益になるわね」

「えっ？　違いますよ」

「違うって、どういうこと？　あっ、さらに遠いルギア港まで持っていくつもり？　たしかにその方が利幅は出るわ……」

「違いますって。もっと遠くです」

まだ具体的な場所は決まっていないけどね。

「遠くって……」

「海を越えて外国で売ろうと考えています。クルーザーなら海に出ても平気ですから」

「レニー！」

またもやルネルナさんが飛びついてきた。

「やっぱりレニーは最高よ！　そうね、交易をセミッタ川に縛り付けておくなんて愚かな考えだわ。レニーならこのまま外国へ行けるんですもの！　本当に常識が通じない子なんだから！」

ルネルナさんは肩を震わせながら喜んでいる。

「レニー、それならコンスタンティプルよ！」

コンスタンティプルといえばルギア港から東へ５００kmほどの大国だ。かなり遠い場所ではあるが、カサックからでもクルーザーなら三日で到着できる。

「経済的には大陸一の規模だし、あそこまで荷物を運べれば大儲《おおもう》けができるわ」

ニヤリと笑うルネルナさんの瞳《ひとみ》が怪しく光る。

「それはそうかもしれませんけど、ダークネルス海峡を通るわけですよね」

ルギアから東へ進めば、大陸同士が非常に近いダークネルス海峡というところを通らなければならない。魔物がしょっちゅう現れるので、たくさんの貿易船がここで沈没させられている。『魔の海峡』として恐れられている場所だ。それでも国家間貿易は非常に儲かる。儲かるから命を懸けて船乗りたちは荷物を運ぶ。

「たしかにそうだけど、クルーザーの船足なら魔物を振り切れるんじゃないかしら？　生き残った船乗りたちは、みんな追い風のおかげで逃げ切れたと言ってたわ」

一般的な帆船のトップスピードは、どんなにいい風が吹いたって時速30kmを上回ることは滅多にない。そう考えると時速40kmを出せるクルーザーなら魔物を振り切ることができるのか。ましてクルーザーには機銃だって換装できるのだ。返り討ちにできる可能性だってある。

「どう、レニー。覚悟を決めてやってみない？」

「う～ん」

クルーザーの船舶レーダー、僕のスキルの地理情報、この二つを使えば危険を未然に察知することも可能か……。

「もしもコンスタンティプルまで荷物を運べれば、３倍以上の値段がつくかもしれないのよ」

１００万ジェニーで仕入れた銀食器と絨毯が３００万ジェニー！

「わかりました。やってみましょう」

欲をかきすぎかなとも思ったけど、これからは自動車開発の資金も必要になる。それに元から海を越えて異国で積み荷を売る予定だったんだ。魔の海峡だっていつかは通らなければならない海の道だ。僕らは今日仕入れた荷物をコンスタンティプルへ運ぶことにした。

貿易のこともあったけど、まずは会社設立のためにハイネルケへと戻った。エンジンの開発者であるフィオナさんを抜きにして話は進まないし、各種の書類は王都で提出する方が都合もいい。フィオナさんの工房でもう一度ミーティングを開いて詳細を決めた。

「アタシは魔導エンジンの開発ができればなんだっていいよ。レニーたちが資金を出してくれるって言うんだったら助かるしね」

フィオナさんは儲けにはこだわらない性格だから、会社のこともとやかく言わなかった。適当に進めておいてくれればいいそうだ。

「私も役員になるんですか？　私、ただの料理人なんですけど？」

ミーナさんは役員になることに戸惑っていたけど、彼女はシャングリラ号専属料理人であり、僕がボートしか持っていないときから支えてくれた乗組員《クルー》だ。ガルグアに襲われ、ギリギリの死線を二人で越えたことだってある。外すなんて選択肢はあり得なかった。

「社長はレニーで社長秘書兼、副社長兼、主計長が私ってことでいいわね？」

ルネルナさんが確認すると、シエラさんが少しだけ不満を漏らした。

「秘書の枠は一人だけなのか？　私も立候補を……」

「シエラは役員兼護衛隊長なんだからそれでいいじゃない」

「いや、秘書という響きがうらやま……ゲフンゲフン！」

「ああもうわかったわよ。シエラは役員兼、護衛隊長兼、第二秘書ってことで」

「うむ！　それなら問題ない」

満足そうな笑顔を見せながら、シエラさんは書類に自分のサインを書き込んでいた。煩雑な事務手続きはルネルナさんがやってくれることになり、ミーナさんは食料の買い出し、僕とシエラさんは航路の確認をしておくことになった。

「レニー、出発までには少し時間があるだろう？」

嬉しそうにフィオナさんが聞いてくる。

「時間と言ったって、出発は明日ですよ」

「じゅうぶんさ！　アタシはコンスタンティプルには行かずに研究を進めなくちゃならないだろう？　だからこの前のエンジンを出しておいてくれよ。少しでも理解を深めておきたいから」

フィオナさんに魔導エンジンの開発を任せることにしたんだから、僕としても異存はない。元には戻らないと覚悟して4馬力エンジンを出してあげることにした。

「召喚　ローボート！」

たちまち工房の床に船外機付きのローボートが召喚される。フィオナさんが土台を用意していてくれたから倒れることもない。って、あれ？　どういうことだ？

「おや？　魔導エンジンが元に戻っているじゃないか。レニーが直したのかい？」

「違いますよ」

バラバラになっていたはずの船外機がきちんと組み上がった状態で召喚されたぞ。

「ひょっとすると、送還して再召喚すれば元に戻るのかもしれません」

「なるほど……。よし、一つ実験してみようぜ」

フィオナさんは勢いよく立ち上がると、嬉しそうにドライバーをクルクルと回した。

「今からアタシがもう一度これを分解するから、レニーは送還してから召喚してくれよ」

それでエンジンが元通りになっていれば、送還の際に修理が行われるということが証明されるというわけか。

「わかりました。やってみてください」

フィオナさんは満面の笑みで分解していく。二回目ともなると手慣れてしまったようで作業もスムーズだ。外装が外されて、他の部分も次々と解体されていった。

「もうそれくらいで……」

「今いいところなんだから、もうちょっと待ってなよ。もう少しで……」

僕の心配をよそに、黒光りするレンチが次々とボルトを外していった。

一五分後。

「こんなもんかな」

フィオナさんはやり遂げたって顔をしながら袖《そで》で額の汗を拭《ふ》いている。エンジンはかなりバラバラにされ、各パーツは整然と台の上に載せられていた。

「短時間で頑張りましたね」

「へへっ、好きこそものの上手なれって言うだろ？　あれだよ」

言いながらフィオナさんはナットの一つに工具を使って傷をつけている。

「何やってるんですか？」

「いや、もしかしたらこの傷も消えるかもと思って」

送還したら自動的に修理か……。考えてみると召喚したての船はいつも新品のようにピカピカだった。おかげで掃除の手間が省けている。あれも修理の一部ってことだったのかもしれないな。百聞は一見に如《し》かずということで、さっそく確かめてみることにした。まずは送還でローボートを戻して、そののちに――。

「召喚、ローボート！　ってあれ？」

現れたのはバラバラのエンジンと船の本体だ。

「おかしいですね。組み立てられていると思ったのに……」

「いや。レニー、ここを見てみろ」

フィオナさんがレンチで指し示す先はエンジンの一部で長細いパイプがある。

「それがどうしたんですか？」

「さっきは外れてた」

「えっ？」

「アタシが外しておいたんだよ。どうやら一気に修理されるわけじゃないようだね」

組み立てや修理にはある程度の時間がかかるみたいだ。

「見てごらん」

フィオナさんがナットを僕に手渡す。

「さっき傷をつけておいたやつだけど、心なしか傷が浅くなっているんだ」

「ということは、こういう傷も時間とともに修復されていくわけですね」

「多分ね。ここからは時間を計りながら送還と召喚を繰り返してみようぜ」

五分ごとに時間を計って召喚してみたけど、そのたびにエンジンは少しずつ組み立てられ、一五分の時点では完璧《かんぺき》に組み上がっていた。

「ナットの傷はまだありますね」

「組み立て自体は大した手間じゃないのかもな。バラバラにしてあるとはいっても、部品は傷つけないように細心の注意を払ってるんだ」

「組み立てよりも、壊れた物を直す方が手間はかかるってことですね」

「そういうことだ。でもこれで船が壊れても一安心だな」

「はい。フィオナさんが元に戻せないかもしれないってヒヤヒヤしていました」

「バーロー、アタシャ完璧に直せる自信があってやっているんだよ。それに本当にヤバそうなコアの部分にはまだ手を付けていないんだからね」

一応気を使ってはくれていたんだ……。

「ごめんなさい。これからはもっとフィオナさんを信じます」

「ホントーに信じてるのかあ?」

フィオナさんはグイッと僕の首に腕を回して体を引き寄せてくる。

「ちょっ……」

「だったらさぁ、水上バイクを分解させてくれよ。どうせならおっきいエンジンも見たいんだもん。フィオナのお願い聞いて」

「それは……」

「いいだろう? アタシの外装を外させてやるからさ……」

ガツンッ!

シエラさんの拳《こぶし》がフィオナさんの後頭部に振り下ろされて、かなりすごい音がしていた。

「いってぇ! 何すんだよシエラ!」

「護衛隊長としての職務を全うしただけだ。まだ続けるのなら私も自分の任務を遂行するだけだが……」

「い、いや、いい。さ〜て、魔導エンジンのお勉強でもしよっかなぁ。4馬力エンジンだ〜い好き！」

フィオナさんは逃げるようにローボートの点検を始めた。

第七章　アルケイ防衛戦

海の魔物は陸上に生息する魔物よりも巨大になる個体が多い。ダイオウイカをさらに大きくしたようなクラーケン、水龍の一種であるシーサーペント、中でもカリブティスはその巨体で、他の魔物とは一線を画している。成長したカリブティスは全長が１００ｍ以上に育つものも少なくはないのだ。カリブティスを倒すには三〇〇人以上の騎士を含めた一個艦隊が必要だと言われている。

（『ポセイドン騎士団軍事教練書』より）

朝にハイネルケを出発した僕たちは昼前にはルギアに到着していた。普段ならここで休憩を挟むところだけど、今日はそのままアドレイア海へと乗りだす。ルギアからコンスタンティプルまでは５００㎞以上あるので、一気に走破というわけにはいかないのだ。予定では国境の港であるアルケイで一泊することにしていた。

「アルケイなら魔の海峡から１００㎞ほど離れています。海の魔物に襲われることもないでしょう」

僕の言葉を受けてシエラさんが説明してくれる。

「あそこは国境地帯だから海軍の拠点があるし、ポセイドン騎士団という海の騎士が防備を固めているんだ」

「海の騎士なんて初めて聞きました」

「馬の代わりに海馬という生物に乗っているのだよ」

海馬は馬と水牛を足して二で割ったような姿をしているそうだ。馬も水牛も身近な家畜だけど、どんな動物かはちょっと想像がつかないな。なんと魔法の力で水上を走ることもできるらしい。

「便利な生き物ですね。そんなのがいるのなら、パル村にも連れて帰りたいなあ」

「ははは、そうはいかないよ。海馬は海でしか生きられないんだ。川のような淡水の中にいると、しだいに衰弱してしまうそうだ」

「それじゃあ連れて帰るのは可哀想《かわいそう》ですね」

「ああ、それに希少な生物で、野生の海馬はほとんど発見されないと聞いている。ポセイドン騎士団が飼育している四〇〇頭を除いてね」

騎士団は海馬の繁殖にも力を入れているそうだけど、毎年少しずつしか数は増えていないらしい。

「アルケイに行ったら海馬を見られますか？」

「騎士団の見回りや訓練風景を目にする機会もあるだろう」

また一つ旅の楽しみが増えたな。アルケイへの到着を心待ちにしながら僕は舵《かじ》を握りなおす。

「あっ、10㎞先、東側に魔物の気配が複数あります。迂回《うかい》していきましょう」

僕の『地理情報』は快調だ。10㎞圏内のことなら魔物や船の動きだって手に取るようにわかる。

「了解。念のためにデッキに出ていようか？」

船の先端には機銃を換装してある。しかも、今回はフィオナさんが後部デッキに自作の武器も取り付けてくれた。『バリバリのバリスタ』という名前で、雷属性を帯びた長槍《ながやり》を撃ち出す装置だ。槍のストックも四本積んである。

「向こうはこちらには気が付いていないみたいです。必要ないでしょう」

「そうか……、排除……してみない？」

「今日は積み荷がありますから。それに魔物の詳細が分かりません。場当たり的な戦闘はやめといた方がいいですよ」

「うん……わかった」

シエラさんはちょっと残念がっていたけど、下手《へた》なリスクは負わない方がいい。討伐なら討伐の準備をしてことに当たるとして、今は商売に専念するべきだと判断した。


アルケイには夕方の四時に到着した。そこで僕は楽しみにしていた海馬をすぐに目にすることになる。クルーザーのスピードを落として湾の中へ入っていくと、ちょうど巡回中のポセイドン騎士団と出くわしたのだ。

なんだあれ？　長毛種の馬？　全身にたてがみのような長い毛を纏《まと》った馬が海の上を走っている。普通の馬よりも体格ががっちりしていて、横幅もある。馬と水牛のミックスと言われれば素直に頷《うなず》けるような姿をしていた。

「なんか愛嬌《あいきょう》のある顔をしていますね」

本来なら頭の毛も長いのだろうけど、視界を妨げないようにおかっぱへアーにカットされている。

そのせいかどの海馬も可愛《かわい》らしく見えてしまうのだ。もっと近くで見られるように、入港手続きが終わったら水上バイクで近づいてみようかな？

係員に誘導されて所定の場所に接岸した。どこか適当な場所で船を送還してしまうという手もあったんだけど、今夜はクルーザーに宿泊する予定だ。きちんと料金を払って、安全な湾の中で休ませてもらうことにした。

事務手続きをするために僕は身だしなみを整えた。船長が13歳だと舐《な》められてしまうこともあるから、少しでも見た目をよくしておかなくてはと考えたのだ。顔を洗って、髪をとかし、シェーンコップ団長がくれたマントを羽織った。こうすれば少しは大人っぽく見えるよね。

リビングにいる乗組員《クルー》たちに声をかけて上陸することにした。

「それじゃあ入港手続きをしてきます」

ルネルナさんとシエラさんが一緒に行く、とすぐに立ち上がる。

「一人で大丈夫ですよ」

「あら、お姉さんと一緒じゃ恥ずかしいかしら？」

「そんなことないですけど……」

「私はレニー君の第二秘書だぞ。どんな危険地帯であろうとも随行するのが役目だ」

シエラさん、世間一般的にそれは秘書ではなくて護衛の役目です。

お二人の強い意向に負けて、僕らは三人で港にある小さな事務所に向かった。なんだか大げさだよね……。港湾使用料を払いにいくだけなのに、こんな美女を二人も引き連れていくなんて。すれ違う人々の視線が集まって、実はかなり恥ずかしかった。

港湾使用料は船の大きさで決まる。クルーザーは豪華で高性能だけど、貿易船としてはあり得ないくらいに小さい。ほとんどが居住スペースで積み荷を置けるところがないからね。おかげで料金も最低ランクだ。

「たしかに800ジェニー頂戴《ちょうだい》しました」

中年の事務員さんは淡々とお金を受け取り、領収証を渡してくれた。

「明日の出航は八時までにお願いします。それよりも遅くなる場合は延長料がかかりますからお気をつけて」

事務員さんの説明を受けていると荒々しく扉が開き、三人の男が入ってきた。全員が鎧《よろい》を身に着けているけど騎士ではないようだ。

「おい、さっき港に入ってきたのはお前たちか？」

大柄で意地悪そうな男が僕たちに話しかけてきた。

「そうですけど、なにか？」

「うん？　ガキはすっこんでろ。俺は大人の話をしにきたんだ」

「僕が船長ですよ」

「なんだとぉ？」

男たちは疑わし気な目で僕を値踏みしている。

「用があるならお聞きしますけど？」

「まあいい。我々はこの辺りの自警団だ。この界隈《かいわい》の海の守護者とも呼ばれている」

「はあ……」

正直に言えばとてもそうは見えない。守護者というよりもチンピラと言った方が正しい気がする。それに、この辺りの海はポセイドン騎士団という騎士たちが守っていると聞いたぞ。

「海の秩序は我々によって守られていると言っても過言ではないわけだ。だがな、とうぜんそれには金がかかる。というわけで我々はこの辺りを航行する船舶から寄付金を募っている最中だ」

要するにお金が欲しいのね。この人たちが本当に港の平和を守っているのだったら、少しくらいの寄付ならしてもいいけど……。

「さっさと出すものを出せ。満足のいく寄付をしてもらえるなら船の安全は保障する。だが、出さないとなると……さて、無事に湾を出られるかどうか」

前言撤回。こんな風に脅迫されたら寄付をする気持ちなんて吹き飛んでしまうよね。

「自分たちの身は自分たちで守るので結構です。それでは失礼します」

「待て」

脇《わき》をすり抜けていこうとしたら肩を掴《つか》まれそうになった。純粋なパワーでは勝てそうもないから身を引いて手を払う。

「貴様、俺たちに歯向かうか？」

険悪な雰囲気になってきたぞ。

「先に手を出したのは貴方ですよ」

「生意気を言うんじゃねえ！　マントなんか羽織りやがって、子どもが騎士ゴッコか？　ん～、ちゃちなエンブレムまでつけて」

手を伸ばしてきた男の手を再び払うと、チンピラたちはニヤリと頷き合った。

「全員見ただろう？　このガキは自警団に手をあげたぞ。相手が子どもだとしても許されん行為だ。表へでろ。少しお仕置きをしてやる必要がありそうだ」

チンピラの顔が邪悪に染まっていく。まるで村人をなぶり殺しにする魔族みたいだ。相手になるのは構わないけど、困ったな。

「シエラさん、この人たちの相手をして逮捕とかされないですかね？」

「大丈夫だ。どうせ港のチンピラだろう？　この手のごたごたは何度取り締まっても後を絶たんのだ。君も騎士なのだから、こういった人間を野放しにしてはいかんぞ」

「騎士だぁ？　笑わせてくれる。このガキが本物の騎士だとでもいうのか？」

「ルマンド騎士団です」

そう告げるとチンピラたちの顔色が変わった。

「おい、あのガキは本物の騎士なのか？　だとしたらヤバいぞ」

「ばかやろう、そんなわけがあるかよ。どうせくだらない正義漢を気取っているボンボンさ。俺たちでボコボコにして、女もいただいちまおう」

「ああ、生意気なガキに世の中ってもんを教えてやれ。その後は女を拉致《らち》ってパーティーだ」

ぼそぼそと小声で相談していたけど、どうやら話はついたらしい。面倒なことに巻き込まれたとは思うけど、強請《ゆす》りの現行犯として関係機関に突き出してしまおう。

　事務所の前は広場になっているので戦うスペースは十分すぎるくらいだった。騒ぎの噂《うわさ》を聞きつけて見物人たちもぞくぞくと集まっている。マントとジャケットを脱いで用意していると、あちらの方から声をかけてきた。

「坊主、今のうちだぞ。額を大地にこすりつけて謝り、1万ジェニー出せば許してやる」

　僕は相手の言葉を無視した。

「どこまでも生意気なガキだ。言ってわからねえんならしょうがねえ、体にわからせてやるか」

　相手は恥じることもなく三人がかりで僕を痛めつける気のようだ。まあ、三対一でも対処できそうな気はするけど……。

「それでは始めましょうか。……って、ちょっと待ってください」

「ん？　いまさら怖気づいたのか？」

　僕はチンピラを無視してお姉さんたちに話しかける。

「まずいです。大きな魔物が真《ま》っ直《す》ぐアルケイに向かってきています。おっきいのだけじゃなくて他にも何匹か引き連れているようです」

『地理情報』によって感じ取っているので間違いない。魔物が湾の中に入ってくる前にミーナさんに知らせなくては。それから迎撃態勢も整えておきたいし、そのためにもクルーザーは送還しなくてはならない。

「つまらん嘘《うそ》をつきやがって。そんなたわごとで誤魔化《ごまか》される俺じゃないぞ」

チンピラは僕の言うことなんてこれっぽっちも信じていないようだ。

「ルネルナさんはミーナさんに知らせて避難の準備を」

「わかった」

駆け出すミーナさんを見送っていると、チンピラたちが殴りかかってきた。

「よそ見をしているんじゃねえ！」

僕を子どもと舐めているのか、男の拳《こぶし》は大振りだ。こんな隙だらけの攻撃が当たるわけがない。身を低くして踏み込みそのまま脇腹《わきばら》に拳を入れた。

「グッ……」

くぐもった呻《うめ》きを漏らしながら男の体が前のめりに折れ曲がる。いい位置にあった顎《あご》に肘《ひじ》打ちを決めると、そのまま男は大地に沈んだ。

「ば、ばかな！」

本当は衛兵に突き出す予定だったけど、そんなことをしている時間はなさそうだ。ダガピアは舞踏のようなステップを踏む。僕も踊るように大地を踏んで、舞うように回転しながら飛び上がり、残った男たちの顔面をほぼ同時に横から蹴《け》り抜いて勝負を決めた。

「シエラさん、大至急クルーザーを送還しないと。もう５㎞も離れていません」

「わかった。魔物が来るのなら私も出よう」

気を失っているチンピラたちを残して僕らは船へと急いだ。

船着き場ではミーナさんとルネルナさんが必要な荷物を持って船の外で待っていた。

「お二人は安全な場所に避難してください」

「レニー君はどうするの？」

バスケットを抱えたミーナさんが不安そうに聞いてくる。

「出撃します。名誉騎士とはいえ、いちおう騎士ですから」

一般人のように逃げだしたらダメだよね？　それに勇者の孫としてはこんなところで逃げるわけにはいかない。

ウウウウウウウウウウウウウ！

灯台の方から警戒を告げるものすごい音が響いてきた。風魔法を応用した警告音が海風を震わせて伝わってくる。ポセイドン騎士団の哨戒《しょうかい》もようやく魔物の存在に気が付いたようだ。

「行ってください。僕とシエラさんで対処します」

ルネルナさんとミーナさんが走り去るのを見届けて、シエラさんと短く協議する。

「装甲兵員輸送船で出るかい？」

「グレネードは捨てがたいですけど、敵のスピードが馬鹿になりません」

地理情報で感知した魔物は高速で近づいている。最高速度が時速20㎞程度の輸送船では心許《こころもと》ない。

迎撃ならともかく、攻撃を仕掛けるならヒットアンドアウェイが可能な水上バイクの方がいいだろう。

「水上バイクで攻撃を仕掛けましょう。僕がシエラさんの馬になります」

「レニー君が私の馬……」

「はい。シエラさんは騎士としての腕を存分に振るってください」

「(四つん這《よ ば》いのレニー君に馬乗り……。こんなかわいい子に馬乗り……。そんな背徳的なことが許されるの⁉ 馬乗りしたい、馬乗りされたい、馬乗りしたい！)」

シエラさんが僕の背中に回り込んでもじもじと肩に手をかけてくる。

「あの、何をしているんですか？」

「えっ？ 馬に乗ろうかと……」

シエラさんったら……。

「そんなに気を使ってくれなくても大丈夫です。戦闘前に僕を笑わせてリラックスさせようとしてくれたんですね」

「はっ⁉ わ、私は何を……」

「あはは、僕が馬ってそういう意味ですか？ でも冗談を言っている暇はないですよ。魔物はもうすぐそこです」

「そうであった！」

機銃とサーチライトを換装したシエラカスタムで水上バイクを召喚する。残念ながらグレネード付き重機関銃は水上バイクには取り付けられないのだ。警報を受けて海馬に跨《またが》った騎士たちが次々と港から湾の入り口へと駆けだしていた。

「ここはポセイドン騎士団の領域だから、我々は後詰として参加しよう」

集団戦の邪魔をしてはいけないので海馬の後ろからゆっくりと水上バイクを走らせた。

海上を進んでいると、一頭の大きな海馬が体を寄せてきた。海馬に負けないくらい大きな体躯《たいく》の騎士が乗っている。

「貴殿らはどこの所属であるか？」

「我々はルマンド騎士団所属シエラ・ライラックとレニー・カガミである。魔物の襲撃と聞き、騎士の盟約に従い、戦いに馳《は》せ参《さん》じた次第！」

シエラさんの応答に大柄な騎士は一つ頷《うなず》いて礼を返す。

「助勢大義。儂《わし》はポセイドン騎士団百人長のオレオ・ナビスカと申す。まずは我々の手並みを見ていてはくれぬか？」

つまり、手出し無用ということなのだろう。

「元よりそのつもり。誉れ高きポセイドン騎士団の戦いぶりを見学させてもらおう」

「うむ。とくと御覧じろ！」

大柄な騎士は納得したようで僕たちから離れていく。僕にはわからないけど騎士としての取り決めがいろいろとあるのだろう。とりあえずは周囲に気を配りながら戦闘を見学させてもらうことにした。

ポセイドン騎士団は海戦には慣れているらしく、湾の入り口に集結して、たちまち陣形が組まれていく。

「海を前にして半円の形をしているだろう？　湾に入り込まれないように側面で迎撃して、可能なら包囲するための陣形だよ」

シエラさんが騎士たちの動きの意味を教えてくれた。

「どうしてそんなことがわかるんですか？」

「よく見てごらん。陣の中央に装甲の厚い重騎兵が、周囲には足の速い軽騎兵が配置されているだろう。つまり重騎兵で攻撃を受け止めて、その間に足の速い軽騎兵が敵の背後へ回り込む作戦なんだ」

言われてみれば中央では海馬の鎧《よろい》まで重厚だった。さっき出会ったオレオ・ナビスカさんも重騎兵なのだろう。魔物までの距離はもう８００ｍになっていた。僕たちは低い位置にいるから見えないけど、海馬の上にいる騎士たちにはとっくに敵が視認できているはずだ。

「レニー君、ここからでは戦場がよく見えない。陣の左端後方に移動しよう」

スピードを少し上げて陣の端まで移動していくと、白い波を立てながら魔物が接近してくるのが見えた。敵の真ん中にいるのはひと際大きい緑色をした海竜だ。

「バクナワか。水魔法を使って大きな波を起こすことができる強力な魔物だ。レニー君もじゅうぶん気をつけてくれ」

「はい。シエラさんも振り落とされないようにしっかり掴まっていてくださいね」

いつビッグウェーブが来てもいいようにバイクの舳先《へさき》を魔物に向けておく。横波を食らったらすぐに転覆してしまうからだ。波に対して真っ直ぐ船を向け、全力で乗り切るしかない。

騎士団の方でも攻撃準備が整いつつあるようだった。中央最前列の重騎兵たちはマジックシールドを展開して敵の突進に備えているし、後方の部隊は攻撃用魔法陣を展開して射程に入りしだい魔法を放つ構えだ。そして敵との距離が２００ｍを切ったとき、風魔法を使った攻撃合図が三回鳴り響いた。

プアーッ！　プアーッ！　プアーッ！

部隊の各所から攻撃魔法が一斉に放たれて魔物の群れに襲いかかる。海上では大爆発が起こり、魔物は消滅したかに見えた。

「やったか……」

「まだだ、よく見たまえ、レニー君」

あれ？　シエラさんの言う通り『地理情報』では魔物の気配は消えていない。それどころかまだこちらに向かってきている。あっ！

「海中に潜って、攻撃をやり過ごしたのか！」

相手が水の中では魔法攻撃も届かない。僕たちの機銃だって、深いところに潜られては威力がガタ落ちだ。いったいどうすれば……。

パプーッ！　パプーッ！

突如信号音が再び響き渡り、近くにいた士官らしき人の声が聞こえてきた。

「音響魔法攻撃用意！」

命令に合わせて騎士の槍《やり》の先に水魔法と風魔法の魔法陣が展開される。

「シエラさん、あれは？」

「水の中に振動を送って敵の聴覚や脳にダメージを与える合体魔法だよ」

戦場では様々な魔法が開発されていると聞いたけど、これは海を舞台に戦うポセイドン騎士団のオリジナル魔法とのことだった。

水に浸された槍の先端から合体魔法が繰りだされ、魔物の方へ向かって青光りする海の炎が飛んでいったように見えた。その次の瞬間、甲高い鳴き声を上げながらバクナワが海上へ躍り出る。よく見るとバクナワの現れた周辺では無数の魚がプカプカと浮いていた。音響魔法のあおりを食って死んでしまったのだろう。

もがき苦しみながらも、バクナワは息絶えてはいなかった。引き連れていたシーモンクたちも恨めし気に騎士団を見ている。シーモンクは人魚の一種だ。人間に近い上半身と魚のような下半身を持った魔物で、肌が蝋《ろう》のように白く頭には毛がない。ぬめぬめとした粘液に覆われていて打撃系の攻撃が効きにくいそうだ。

けれども、もうそんなことは関係ないだろう。魔物たちが音響魔法攻撃を食らっている間に軽騎兵たちが背後に回り込み包囲陣を完成させつつあったのだ。

「放てぇっ！」

上官の命令に攻撃魔法が一斉に繰りだされて、魔物たちはハチの巣状態になっている。色とりどりの魔法が魔物に向けて飛来し、爆散し、貫通し、敵を塵芥《じんかい》に変えていく。大量魔法のすさまじさに僕は呆然《ぼうぜん》と見守るばかりだった。

ブブーンッ！　ブブーンッ！　ブブーンッ！

戦場に鳴り響く命令音。それが四方の海に広がると、怒涛《どとう》の攻撃は潮が引くように収まっていく。

海の上には魔物の残骸《ざんがい》すらなく、ただ濁った海と波が揺れているばかりだった。

「オオオオオオオオオオッ‼」

戦場のあちらこちらからポセイドン騎士団の勝鬨《かちどき》が上がり、僕も興奮のままに叫んでいた。

「やりましたね、シエラさん！」

「うむ……。だが戦いは終わりかけに一番気が緩むのだ。レニー君、こんな時でも冷静さを忘れてはいけないよ」

シエラさんは静かに微笑《ほほえ》んで僕を見つめる。……なんて落ち着いていて凛々《りり》しいんだろう。この人こそ騎士の鑑《かがみ》のような人だと感じてしまう。僕は興奮した自分が少しだけ恥ずかしくなってしまった。と、落ち着いた僕はとんでもないことに気が付く。

「しまった！」

「どうした、レニー君？」

「魔物です。巨大な魔物が海底を移動してきていたんです。もう、すぐそこに」

なんとうかつだったのだろう。その魔物は戦闘のどさくさに紛れて海底から近づいていたのだ。

音響魔法と僕の興奮が影響して探知が遅れてしまった。

「みなさーん！　新手が来ま――――すっ！！！！」

あらん限りの声を張り上げるけど、騎士たちが上げる鬨《とき》の声《こえ》に僕の忠告はかき消されてしまう。

そして、それは突如として海上へ浮かび上がってきた。

「なっ、カリブティスだとぉ⁉」

平たく、真っ赤《まっか》な巨大イソギンチャクのような魔物を見て、騎士たちが驚嘆の呻《うめ》きを漏らしている。直径は１００ｍ以上ありそうだ。魔物の出現とともに大きな波が起き、海馬たちもよろめきながら足を動かしていた。

「恐れるな！　攻撃用意！」

隊長の命令に騎士たちは迎撃に移ろうとするが、一足早くカリブティスが中央にある大きな口をぱっかりと開けた。赤と白でできたグロテスクなまだら模様の口内が見えている。

「まずい、渦潮が来るぞ！」

渦潮？　何のことだろうと見ていると、開かれたカリブティスの口へ大量の海水が流れ込み始めた。たちまち周囲には渦が出来上がり、体勢を崩して倒れた海馬と騎士が次々に渦に飲み込まれていく。なんとか倒れずにいた騎士たちは一目散に退却に転じている。海馬たちは走りづらそうに、うねる海上を陸へと向かって駆けだしていた。

「レニー君、我々もいったん退却だ！」

僕はスロットルを全開にしてその場を離れようとするのだけど、すでに渦に飲まれかけている水上バイクの速度は上がらない。すぐそこには湾の堤防が見えているので、あそこまで行ければ脱出の見込みはあるのだけど……。

「くらえっ！」

すぐ後ろでシエラさんが機銃を使ってカリブティスに攻撃を開始したけど、ほとんど効き目はないようだ。そんなことをしている間にも、僕らのすぐ横を海馬に掴《つか》まった騎士たちが流されていく。

「シエラさん、このままじゃ飲み込まれます。イチかバチか輸送船に乗り換えてグレネードを使いましょう」

「わかった。だがどうする？　渦の中では氷を使っての乗り換えはできないぞ」

「僕を抱えて真上に飛ぶことはできませんか？」

「レニー君を抱えて……？」

シエラさんが身体強化魔法を使えば驚異的な能力を発揮できる。僕を抱えた状態でも10m以上は飛べると思うんだ。

「もし可能なら、空中にいる間に送還と召喚をやります。できるだけ長く飛んでいてほしいんですけど、無理でしょうか？」

無謀な作戦かもしれないけど……。

「やりゅ……」

「えっ？」

シエラさんも極限状態で緊張しているんだな。やりゅって……言葉を噛《か》んでいるよ。

「し、失礼。だが、そういうことなら私に任せてもらおう。身体強化魔法で跳躍すれば滞空時間は十分にあるはずだ」

「お願いします！」

僕は振り向いてシエラさんに抱き着いた。ちょっとだけ恥ずかしかったけど、今はそんなことを言っている場合じゃない。僕を抱きしめるシエラさんの腕に力がこもる。

「いくぞっ‼」

耳元でシエラさんが叫び、水上バイクを蹴《け》って空中へと躍り上がった。

「送還、水上バイク！　召喚、小型装甲兵員輸送船！」

空中でバイクを消して輸送船を呼びだす。滞空時間は数秒だったけど、僕らは上手《うま》いこと輸送船の上に着地することができた。

「シエラさんは銃塔へ！」

「承知！」

短く言葉を交わすだけでお互いのやることを確認し合えている。戦闘が絆《きずな》を深めるってこういうことなのかな。

コックピットに入ってエンジンをフル稼働、レバーを逆に入れて全力でバックすると、渦に飲み込まれるスピードが少し遅くなった。同時にシエラさんによる攻撃も開始された。シエラさんは大口を開けているカリブティスの口内を狙《ねら》ってグレネードを連射している。

だけど波で揺れるせいで命中精度はよくないようだ。着弾点が少々ばらけすぎているぞ。せめてもう少し近づければいいのだけど、接近しすぎれば飲み込まれてしまう恐れもある。

「魔力はもちますか？」

「まだ大丈夫だ！　切れたときは交代してくれたまえ」

さすがのカリブティスにもグレネードの攻撃は効いているようで、大きく開けられていた口も閉じ気味になってきた。それにつれて渦の流れも緩やかになっている。

「ダハハハハッ！　面白いことをしているではないかっ！　いきなり見慣れぬ船が現れて爆裂魔法を連射するとはな」

見るとひと際大きな海馬に乗った大柄な騎士が輸送船に体を寄せていた。この人はさっき話した、オレオ・ナビスカさんじゃないか。

「ナビスカさん。どうしてここに？」

「脱出を手伝うつもりでやってきたのだが、逆に攻め込んでいるとはあっぱれじゃ！　儂《わし》にも何か手伝わせてくれ！」

命を懸けて僕らの救援に来てくれたのか。

「では、クレーンのフックを堤防に引っかけてはもらえませんか。今召喚します」

ステータス画面からオプションのクレーンを選んで設置した。命綱があれば、もっとカリブティスに接近して攻撃ができる。

「おおっ⁉　奇怪な魔道具が突然現れたぞ⁉」

「それを堤防に！」

「心得た！　引っかけた後は儂の土魔法で固定してやるから存分に攻撃を仕掛けるがいい！」

シエラさんが攻撃を中止してクレーンを動かす。ナビスカさんはフックを片手でひっつかむと海馬の腹を軽く蹴った。

「はいよ〜、シルバー。堤防まで一駆けじゃあ！」

重たいフックを片手で軽々と掴むナビスカさんもすごいけど、そのナビスカさんを乗せて渦潮の中を走るシルバーという海馬もたいしたもんだ。しばらく待っているとナビスカさんの銅鑼声《どらごえ》が響いてきた。

「よいぞぉおお！！！！！」

ナビスカさんの声はただでさえ大きいのに風魔法で増幅までしてある。土や風など多彩な魔法を使うあたり、見かけによらず器用な人みたいだ。

「シエラさん、ケーブルを緩めてください！　カリブティスに接近して攻撃しましょう！」

「おう！　動かすぞ」

巻き取り機を動かして限界までカリブティスに近づいた。ここからならずっと狙いやすくなったはずだ。

「今です！　攻撃を！」

グレネードが火を噴いてカリブティスの口の中で大爆発が起こる。カリブティスも口をすぼめてかわそうとするのだけど、接近した分だけ狙《ねら》いはつけやすい。火《ひ》の見櫓《みやぐら》くらいもある巨大な歯の隙《すき》間《ま》を縫って、攻撃はどんどんと続いている。

「オオ――――ンッ！」

渦潮が止まり、カリブティスが声を上げた。既に魔力が尽きたらしくシエラさんの攻撃は止まっている。だけど、このチャンスを逃したらカリブティスは再びアルケイを襲ってくるかもしれない。

見逃すわけにはいかなかった。

僕はコックピットから飛びだし、銃塔へと飛びつく。

「シエラさん、ごめんなさい」

グズグズしている暇はないので体を滑らせて入り込み、無理矢理シエラさんの膝《ひざ》の上に座った。

「レニー君⁉」

「奴《やつ》に止めを刺します！」

照準の中にカリブディスを入れて攻撃を開始した。魔導グレネードが再び火を噴き、カリブディスのあちらこちらで大爆発が起こる。僕の全魔力を使った九九発の砲弾を撃ちきるのに二〇秒もかからなかった。だけど手応《てごた》えは感じている。奴の歯が折れ、口の周りの肉が吹き飛ぶのを僕はしっかりと確認していた。

（レベルが上がりました！）

（レベルが上がりました！）

（レベルが上がりました！）

どうやら倒せたらしい。

「終わったのかい？」

「はい。カリブディスを倒せました。あっ、ごめんなさい。すぐにどきたいのですけど、魔力を使い果たして動けないんです」

「うん……気にすることはない。動けないのは私も一緒だ」

そう言いながらシエラさんは僕のお腹《なか》に手を回してぎゅっと引き寄せたままだ。きっとシートベルトのように固定していてくれたのだろう。でもはっきり言って、この体勢はかなり恥ずかしい。13歳にもなって抱っこだなんて、他の人には見せられない姿だよ。しかもシエラさんのお膝で少しだけ安心してしまっている自分がいる。僕は自分の照れを隠すように話しかけた。

「帰ったら祝杯を上げなくてはいけませんね」

「そうだな……私はもうご褒美をもらってしまったが（レニー君を抱っこできるだなんて……）」

「ご褒美？」

「いや、なんでもない！　なんでもないのだ……」

僕を抱きかかえているシエラさんの表情は見えないけど、何となく声が震えている？

「おおーい！　生きておるかぁ？」

あの声はナビスカさんだな。

「生きていますよ！　こっちに来て僕を引き上げてはもらえませんかぁ⁉」

「あっ……」

「だいぶ力が戻ってきました。もう少し休んだら船の操縦くらいならできそうです」

「そう……」

戦いに疲れてしまったのだろう。シエラさんの声は気が抜けたようになっていた。

兵員輸送船を走らせて港へ帰ると、ポセイドン騎士団の団長から挨拶《あいさつ》を受けた。だけど僕もシエラさんも魔力切れを起こしていて、立っているのがやっとなくらいに疲弊している。だから会談は短時間で終わった。騎士団も犠牲者をたくさん出していたのでいろいろと忙しかったのだろう。

ナビスカさんとも改めて挨拶を交わしたけど、兜《かぶと》を脱いだ姿は禿《は》げ頭《あたま》でごわごわの髭《ひげ》が生えていた。ゲジゲジ眉《まゆ》毛《げ》の下のぎょろりとした目に力がある。

想像通りの顔すぎてちょっとびっくりしたくらいだ。海の男らしく黒々とした肌をしていたけど、見た目はちょっぴりシーモンクに似ていた。黒いシーモンク？　でも笑うと愛嬌《あいきょう》があって好感の持てる人物だった。

「二人ともよくやってくれた。お主たちのおかげでアルケイは被害を免れたぞ。海の勇者たちに礼を言う」

「騎士の盟約に従ったまで。同じハイネーンの騎士なれば礼など無用」

「お主も生真面目《きまじめ》なやつだな。少年の名前はレニーと言ったかな？」

「はい。レニー・カガミです」

「今夜はどこへ泊まるのだ？」

人懐っこそうな顔でナビスカさんが聞いてくる。

「自分の船です。桟橋に大きなクルーザーを召喚して、そこに泊まる予定なのです」

「おお、あの術か！　海上で小さな船やら軍船やらが次々消えたり現れたりしていたな」

「はい。あれは僕の『船長』としての能力です」

「年若いながらルマンド騎士団に所属しているのはそういったわけか」

ナビスカさんは腕を組んでうんうんと頷《うなず》いている。

「ルマンド騎士団所属といっても名誉騎士ですけどね」

「とにかくよくやってくれた。あとで美味《うま》い物を船に届けよう。儂からの個人的な礼じゃ」

「そんな気を使わなくても」

「気にするな。我ら三人はともに戦った戦友だぞ」

「レニー君、こういう時は断らないのが騎士の作法というものなんだよ」

僕は船長であって騎士じゃないんだけど、まあいいか。

「わかりました。それではナビスカさんを船にご招待しますよ」

「ありがたい。すぐにアルケイの酒と海の幸を持って伺うとしよう」

ナビスカさんはのっしのっしと歩いて去っていった。


港で待っているとミーナさんとルネルナさんが戻ってきた。ミーナさんに夕飯の用意をお願いして、僕はクルーザーの船長室に降りていく。ナビスカさんが来る前に休憩がてらステータスの確認をしておきたかったのだ。なんせレベルが3も上がったからね。ベッドに横になりながらステータス画面を開いた。

名前　レニー・カガミ
年齢　13歳
ＭＰ　９２１７
職業　船長（Lv.17）
所有スキル「気象予測」「ダガピア」「地理情報」
走行距離　３６６３km　討伐ポイント　４９４１０５　トータルポイント　４９７７６８
新所有船舶　■高速輸送客船　全長９０・６ｍ　全幅２６・７ｍ
最高速度　時速83km
船長の固有スキル「言語理解」を会得。この世界のあらゆる言葉を理解できる。

レベルアップに伴いオプションを選べます。
a．小型装甲兵員輸送船用、セラミック装甲
b．魔導照明弾打ち上げ機

レベルが一気に3も上がったから、いろいろとできることが増えている。まずは固有スキルの「言語理解」。これはとっても嬉《うれ》しいスキルだ。このスキルがあれば外国に行っても困ることはないだろう。世界を旅するうえではこれほど役に立つスキルもないかもしれない。

次はオプション。今回は装甲と照明か。装甲は異世界の技術で作られた装甲板を船体の上から取り付けられるものだ。輸送船専用のオプションになる。戦闘となるとグレネードが使える輸送船の出番になるわけで、防御力が上がるのはありがたい。

一方の魔導照明弾打ち上げ機は、光魔法で作り出した光弾を空中に打ち上げて、周囲を照らして視界を確保するための道具だ。

一発打ち上げるのに60MPが必要になるけど、三分もの間、辺りを昼間のように明るく照らしだすとある。船のライトやサーチライトはあるけど、周りをすべて照らせるわけじゃない。戦闘となったら照明弾も役に立ちそうだ。しかも打ち上げ機は小型で、どの船にも換装が可能だった。

今回はbの魔導照明弾打ち上げ機にしておいた。やっぱり視界の確保は大切だし、どの船にでも取り付けられるというのが決め手だった。

そして最後は新しい船だ。この船は人も荷物も運べる船らしい。異世界では高速カーフェリーと呼ばれていて、自動車を運ぶための船みたいだ。この世界に自動車はないけど、フィオナさんが開発したら大量に運ぶこともできちゃうな。

これまで僕が持っている船の中で一番大きいのがクルーザーだったけど、全長は19・28m、全幅も5・16mだ。今度の船がいかに大きいかがわかるというものである。

すぐにでも召喚して船を確かめたかったけど、この港では90m超の船を呼びだすことは不可能だろう。海軍の巨大帆船だって50mちょっとしかないはずだもん。こんな大きな船を僕一人で動かすことができるのだろうか？　でも、召喚できるんだから何とかなるような気がする。

ステータス画面で確かめてみたけど、内部は小型装甲兵員輸送船が何台も積めてしまうくらい広いスペースが確保されている。船底が双胴構造になっていて、船体が波を突き抜けるように進むから高速で安定した航海ができるみたいだ。波の抵抗を受けにくい構造だと考えればいいだろう。動力は水上バイクと同じで、船体後部から水流を噴き出すウォータージェット方式だった。

「うわぁー、内部には広いラウンジや会議室なんかまでついているんだ」

ゲストルームもクルーザーよりたくさんあるし、展望デッキも広い。スピードだって速いから、コンスタンティプルに行くときは高速輸送客船で行った方がいいかもしれないな。四時間もあれば着いてしまうだろう。もちろんその分だけ魔力はたくさんかかってしまうけどね。

「レニー、ラウンジがどうしたの？」

ルネルナさんが船長室まで降りてきた。

「新しい船が召喚できるようになったんですよ」

「それは良かったわね。今度はどんな船？」

「それが全長90mもある大きな輸送客船なんです」

「なんですって⁉」

小さな叫び声を上げながらルネルナさんが僕ににじり寄ってきた。

「荷物は？　荷物はどれくらい積めるの？」

「かなり積めます」

「かなりってどれくらいよ？」

か、顔が近いですルネルナさん……。

「ざっとですけど……460tくらいかな？」

ルネルナさんの目が大きく見開かれた。そしてすぐそこにあった顔がそのまま迫ってくる。

「レニ――――っ！」

いきなり抱き着かれた⁉

「もう最高！　やっぱりお姉さんのモノになりなさい！　貴方は本当に期待を裏切らないわね！」

「ルネルナさん離してくださいよ。少し落ち着いてください」

そう言ってもルネルナさんはベッドの上で僕に抱き着いたままだった。

「落ち着いてなんていられないわよ。90mの船だなんてニーグリッド商会だって持っていないわ。

ううん、世界中のどの船会社だって持っていない大きさよ。これで大規模な貿易が可能になったじゃない！」

それはそうかもしれないけど、動かすのには大量の魔石がいるんだよね。僕の魔力だけじゃとても賄えない。数時間動かすだけで精いっぱいだ。その分たくさん運べるからいいのかもしれないけど……。

「あっ、でもそれくらい大きかったらクルーザーみたいなスピードは出ないか……」

「出ますよ」

「えっ？」

「最高速度はクルーザーよりも速い時速83㎞です」

「ええっ⁉　……レニー……」

ルネルナさんがじっと僕の目を見つめてくる。そして——また抱き着いてきた⁉

「なんですかぁ⁉」

「お姉さん、レニーの子になる。娘になるから可愛《かわい》がってぇ！」

お姉さんが娘？　もう、わけがわからないよ……。


ナビスカさんは大きな籠《かご》を片手にぶら下げて港へやってきた。

「ナビスカさーん！　ここですよぉ！」

手を振って呼ぶと、嬉しそうにトコトコと小走りで駆けてくる。大きな体をしているのに、こういうところが可愛《かわい》らしいおじさんだ。

「なんとも立派な船じゃのぉ！　貴族のヨットよりも豪華じゃわい」

「さあ、乗ってください！　お食事の準備も整っていますよ」

「では失礼いたす！」

中に入ったナビスカさんは船の設備に大きな目玉をさらに大きくして驚いていた。

「まったくもって不思議な船じゃ。帆がないうえに、中はこんな風になっているとはなぁ……」

「魔力を利用して動くんですよ。遠慮なさらずにお席へどうぞ」

「ん？　すまんの！　おお、これは約束の土産《みやげ》じゃ」

物がぎっしりと詰め込まれたバスケットをナビスカさんはグイッと突きだしてきた。中には酒瓶やパン、大きなチーズや揚げたてのコロッケまで入っている。

「あっ、このコロッケはまだ温かいですね」

「まかないの婆さんに大急ぎで作ってもらったタラのコロッケじゃ。アルケイの郷土料理だぞい。冷めないうちに食ってしまおう！　ダハハハハッ！」

ミーナさんの料理にナビスカさんが持ってきてくれた料理も加えて、ボリューム満点の夕食になった。

「こちらはポセイドン騎士団のオレオ・ナビスカさんです」

「本日はお招きいただき光栄に存ずる。ポセイドン騎士団百人隊長のオレオ・ナビスカと申す。まあ、堅苦しい挨拶《あいさつ》はなしじゃ。ライラック殿とカガミ殿とは戦友じゃからなっ！」

ニカッと笑うナビスカさんに食卓の雰囲気も打ち解けていく。さっそく乾杯のためのワインが注がれた。

「今日はたくさんの騎士たちが亡くなってしまったが、生き残った我々には人生を全うする義務がある。死んだ戦士たちを悼み、生き残ったことを素直に喜ぼう。乾杯！」

ナビスカさんの挨拶にグラスが重なった。

「タラのコロッケは初めてですけど美味《おい》しいです。ニンニクがよく利《き》いていますね」

「この辺ではありきたりの料理だがハイネルケの方々には珍しかろうと思って持ってきた。喜んでもらえたのならよかったわい」

食事は和やかに進み、ミーナさんの料理も次々と並べられていく。

「うむ、このパスタは絶品であるな！　これほどの料理には滅多にお目にかかれんぞ。これが王都の味なのかな？」

「これはミラルダ風の味付けなんですよ」

褒められたミーナさんが嬉しそうに料理の説明をしている。今日は松の実と香草をペーストにした味付けのパスタだ。

「ミラルダというと王都よりさらに西だったかな？」

「はい私とレニー君の故郷もその辺りです」

「そうかそうか、テーブルの上に東西の料理が集結しておるの！　まさに我々と同じというわけだ。ダハハハハッ！」

料理とともにワインも進みナビスカさんはさらに饒舌《じょうぜつ》になっている。

「ところでカガミ殿はコンスタンティプルに行くのだったな？」

「はい。カサックで仕入れた品物をコンスタンティプルで卸す予定です。ついでに向こうでいい物が仕入れられればと考えています」

「ふむ、貿易が君の仕事というわけか」

「貿易だけじゃないですよ。人を乗せた連絡船もやりますし、ディナークルーズなんていうのもやりました」

ナビスカさんにハイネルケでやった食事つきクルーズの説明をしてあげた。

「いろいろなことをしておるのだな。クルージングに連絡船か。実に面白そうだ。そのうち儂も世話になるかもしれんの。ダハハハハッ！」

ナビスカさんは豪快な好人物だ。僕はすっかり好きになってしまっていたので、この人の依頼ならなるべく叶《かな》えてあげたいと思ってしまっていた。


翌日、湾を出ると僕らはシエラさんの作りだした氷の上に降りた。クルーザーを送還して輸送客船を召喚するためだ。

「召喚、高速輸送客船！」

現れた巨大な船に全員が言葉を失ってしまう。それは見たことがないほどの大きな船。ステータス画面で全長90・6m、全幅26・7mあることはわかっていた。わかっていたけど実物は想像を超えていたんだ。

僕が念じると後部搭乗口の扉が開き、自動でタラップが降りてきた。

「乗ってしまいましょう！」

ワクワクしながらハッチを開けると、一階部分はシエラさんと戦闘訓練ができそうなほど広い倉庫になっていた。貿易のときなら荷物を置くのに最適だ。ランプウェイと呼ばれる通路が橋のようにかかり、馬車なども直接乗り入れることができそうだ。

みんなでワイワイ騒ぎながら見学していると、奥の方から何かがこちらにやってきた。とっさにシエラさんが腰の剣に手をかけるけど安心してほしい。

「これは高速輸送客船の船員ゴーレム、セーラー1です」

僕が紹介すると、セーラー1は敬礼をするように右アームを上げた。しぐさがちょっと可愛らしい。車輪のついた下半身をしていて、上半身は人間に近い。顔の部分がディスプレーと呼ばれる画面になっていて、表情が○や×の簡素な記号だけで表されている。

フィオナさんがいなくてよかったよ。絶対に「分解させてぇ!」ってうるさかったと思うもん。

「ゴーレム? 戦闘の手伝いをしてくれるのかね?」

シエラさんがしげしげとセーラー1を見ながら質問してくる。

「セーラー1は戦闘型のゴーレムではありません。主に荷物の積み下ろしや、配膳《はいぜん》の補助や洗濯なんかをしてくれるゴーレムです」

「この子が私の手伝いをしてくれるの?」

ミーナさんがおっかなびっくりセーラー1をつついている。

「教えれば下ごしらえの手伝いもできるようですよ」

「だったらコンスタンティプルに到着するまで、この子の教育をしてみたいわ」

「ピポッ!」

セーラー1もミーナさんの言うことを理解したようで、元気よく右アームを上げている。

「では、ミーナさんにお任せしますね」

コンスタンティプルまでは四時間以上かかる。それまでにジャガイモの皮むきくらいはできるようになるかもしれない。

高速輸送客船は五層構造だった。船底は機関部。一階は車両甲板と呼ばれる倉庫。二階は一部が倉庫で一部が居住スペース。三階はラウンジや調理室、ゲストルームが配置されていて、内装はクルーザーにも劣らないくらい豪華だ。もちろんこちらの船の方がゆったりとしていて、比べ物にならないくらい広い。最上階にはブリッジと船長室があった。

初めて乗るエレベーターという昇降機に驚きながら、僕らは三階へとやってきた。通路を抜けたその先にあったのは広々とした展望ラウンジだ。

「うわぁ！」

みんなが思わずため息を漏らす。三階の前部は半円状になっていたのだけど、そのすべてに窓ガラスがはめ込まれていて、遥《はる》か彼方の水平線まで見渡せるようになっていた。

「すごい……は……はは……あはははは」

「どうしたルネルナ？　突然笑いだしたりして」

「こんなもん見せつけられたら笑うしかないじゃない。どれだけの荷物と人間が運べるっていうのよ。私の中の常識が一気に覆っちゃったのよ！」

「まあな。戦略の常識だって大いに変わってしまうだろう。騎士だけじゃなく大量の騎馬や物資だって運べるのだからな……」

僕たちはしばらく呆然《ぼうぜん》と目の前の景色《けしき》に見入った。アドレイア海は白く泡立ち、早く来いと呼んでいるようだ。こんな巨大な船が最高時速83㎞で動くっていうの？　心の底から溢れ出る衝動をこれ以上抑えきれそうにない。

「魔導エンジンを起動させましょう！」

お姉さんたちの瞳も輝いていた。この船と仲間がいれば魔の海峡だって怖くはない。僕らは足早に操舵室へと駆け上がった。

あとがき

この本を手に取ってくださった皆様にお礼を申し上げます。ありがとうございました。皆様と一つの物語を共有できる喜びに感謝を！

この作品は『船』が基軸となってストーリーが展開します。考えてみれば、山奥の森の中で暮らす私が『船』の話を書こうというのですから、図々しいというか、おこがましいことではあるのですが、『船』という着想は私の頭の中で火のついた蛇花火のようににょぐにょと伸び続け、ついには一つの作品として体裁を整えるまでに成長してしまいました。

「旅」「冒険」「世界」「経済」、そんなキーワードを象徴するものとして、船には私を惹《ひ》きつける特別な魅力があったようです。

きっかけはきっと、千葉の勝浦海岸で沖を進むタンカーを見たせいだと思います。大型船というのは、じっと見ているると、進んでいるのか進んでいないのかわからないほどゆっくりなのですが、ちょっと目を離していると、いつの間にやらずいぶんと違う場所にいるものでございます。

天体観測と同じで、絶えず動いている対象を観察するというのは、中々に気の抜けないもののようです。星々もすぐに望遠鏡のレンズから外れていってしまいますから。

傍《はた》から見ているのだってボンヤリしていたら務まらないのだから、実際にタンカーを動かすのは大変なことなのでしょう。

　ボーッとした私なんかが船長をしようものなら、すぐに座礁させて、ニュースに取り上げられ、責任を追及されて、会社を首になって、世をはかなんで無人島に移り住み、カヌーで釣りでもして孤独に暮らすのだろうか、それはそれで幸せか？　なんて愚にもつかない妄想をたくましくして、日がな外房の岩場に座っておりました。ときどきカニと戯れながら。

　暇人ですって？　いえいえ、ラノベ作家はこれが仕事なんです。海には休暇で行ったのですが、こうして常に空想を巡らせておりました。つまり、ずっと仕事をしていたのです。

　周囲には理解されにくいのですが、海を眺めているときも、海鮮丼を食べているときも、アジフライに舌鼓を打つときも、あら汁に随喜の涙を流すときだって仕事です。ええ、本当ですとも！

　横浜港に豪華客船が停泊すればその船内で起こるロマンスを想像し、横須賀《よこすか》港で軍艦を見れば戦いの物語を夢想し、紋別市で砕氷船《さいひょうせん》を見れば自然の雄大さに思いをはせ、湖に浮かぶ白鳥の遊覧船を見かければ、それこそ思い浮かぶ空想は千々《ちぢ》に乱れます。

　あ、すべて実際に現地に行って観察したわけではありませんよ。映像を見たり、本で読んだりしただけのものもあります。今回は船の構造をよく知るために、船舶のプラモデルを作るなんてことまでしました。船の細部が分かり、自分の不器用さを再確認できたので、非常に貴重な経験だったと思います。

　そうやって集めた空想を、練って、整えて、物語にしたのが『勇者の孫の旅先チート　～最強の船に乗って商売したら千の伝説ができました～』なのです。

ラノベ作家にとっての喜びの一つは、自分の作品にイラストをつけてもらえることでしょう。今回、私の空想にイラストをつけてくださったのはかわく先生です。皆さんは、もうご覧になっていらっしゃいますよね？　いうまでもなく美麗です。キャラクターが、船が、魔法が、町や風景が、鮮やかで優しい色彩を伴って美しく再現されています。

美とは細部に宿るそうですが、まさに、まさに。できあがったイラストは作者の想像を超えて、隅々までをも完璧《かんぺき》に再現してくれてありました。感謝と感激をこの場をお借りしてお伝えします。

また、この作品を拾い上げ、作品としての完成度を高めてくださった編集のO氏に特別な感謝を申し上げます。

二〇二〇年　夏の終わりに　長野《ながの》文三郎《ぶんざぶろう》

カドカワBOOKS

勇者《ゆうしゃ》の孫《まご》の旅先《たびさき》チート
～最強《さいきょう》の船《ふね》に乗《の》って商売《しょうばい》したら千《せん》の伝説《でんせつ》ができました～

2020年10月10日　初版発行

著者／長野文三郎《ながのぶんざぶろう》

発行者／青柳昌行

発行／株式会社KADOKAWA

〒102-8177
東京都千代田区富士見2-13-3
電話／0570-002-301（ナビダイヤル）

編集／カドカワBOOKS編集部

印刷所／暁印刷

製本所／本間製本

Printed in Japan
ISBN 978-4-04-073823-9 C0093

新文芸宣言

かつて「知」と「美」は特権階級の所有物でした。

15世紀、グーテンベルクが発明した活版印刷技術は、特権階級から「知」と「美」を解放し、ルネサンスや宗教改革を導きました。市民革命や産業革命も、大衆に「知」と「美」が広まらなければ起こりえませんでした。人間は、本を読むことにより、自由と平等を獲得していったのです。

21世紀、インターネット技術により、第二の「知」と「美」の解放が起こりました。一部の選ばれた才能を持つ者だけが文章や絵、映像を発表できる時代は終わり、誰もがネット上で自己表現を出来る時代がやってきました。

UGC（ユーザージェネレイテッドコンテンツ）の波は、今世界を席巻しています。UGCから生まれた小説は、一般大衆からの批評を取り込みながら内容を充実させて行きます。受け手と送り手の情報の交換によって、UGCは量的な評価を獲得し、爆発的にその数を増やしているのです。

こうしたUGCから生まれた小説群を、私たちは「新文芸」と名付けました。

新文芸は、インターネットによる新しい「知」と「美」の形です。

2015年10月10日

井上伸一郎

転生特典のスキル【毒素分解EX】が地味すぎて、伯爵家でいびられるアイン。しかし母の離婚を機に隣国の王子だと発覚！　しかもスキルのおかげで、魔物の魔石を食べてその能力を吸収できる体質らしく……？

魔石グルメ
魔物の力を
食べたオレは
最強！

【修復】スキルが
万能チート化したので、
武器屋でも開こうかと思います
星川銀河 ill. 眠介
最強素材も
【解析】【分解】【合成】で加工！
セカンドキャリアは絶好調！
白泉社アプリ
『マンガPark』にて
コミカライズ
連載中!!!!!
漫画：榎ゆきみ
カドカワBOOKS

STORY

① ことの始まりはダンジョン最深部での置き去り……

ベテランではあるものの【修復】スキルしか使えないEランク冒険者・ルークは、格安で雇われていた勇者パーティに難関ダンジョン最深部で置き去りにされてしまう。しかし絶体絶命のピンチに【修復】スキルが覚醒して――？

② 進化した【修復】スキル、応用の幅は無限大！

新たに派生した【分解】で、破壊不能なはずのダンジョンの壁を破って迷宮を脱出！　この他にも【解析】や【合成】といった機能があるようで、どんな素材でも簡単に加工できるスキルを活かして武器屋を開くことを決意する！

③ ついに開店！　伝説の金属もラクラク加工！

ルークが開店した武器屋はたちまち大評判に！特に東方に伝わる伝説の金属“ヒヒイロカネ”を使った刀は、その性能から冒険者たちの度肝を抜く！　やがてルークの生み出す強すぎる武器は国の騎士団の目にも留まり……？

冒険者としての経験と、万能な加工スキルが合わさって、
男は三流の評価を覆していく!!

シリーズ好評発売中!!

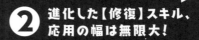

最強の鑑定士
Who is
the strongest appraiser?
って誰のこと？
～満腹ごはんで異世界生活～
美味しい料理で胃袋をがっつり掴んだり……
チートアイテム＆技能でものづくりをしたり……
たまに活躍!?
チートな鑑定で事件も解決!!